Corsária

CB123429

ubu

FÓSFORO

MARILENE FELINTO

Corsária

Posfácio por
LUCIANA DA CRUZ BRITO

1ª reimpressão

Para Alaide Barbosa de Lima,
minha mãe, em memória —
verbo em todos os tempos, modo
de para sempre, toda conjugação

Quero conservar ainda as ilusões que tenho acerca dos insetos; bem basta ter perdido já as que tinha acerca dos homens. [...] *É o animal de patas negras e a palavra assustadora que quero conservar em toda a sua pureza.* [...] *Quero lutar até o fim; quero reconquistar a ventura que me foi roubada.*

O conde de Monte Cristo, Alexandre Dumas, pai

Herdeira incerta e não sabida

A de antes era minha vida ordinária, normal, que somente agora se tornou séria. Antes era minha busca frenética por felicidade — enquanto agora é doer, doer e doer até o limite. Anterior a isto, eu era a passarinha mais vulgar, a maria-já-é-dia, cheia de ansiedades ao raiar das manhãs, que sempre fui muito diurna. Antes era o canto que acordasse os outros, eu cheia de alegria enérgica. Anterior a isto, eram as luzes da grande cidade, um frenesi de sexo, como num conto de ficção em que a protagonista fosse um substantivo comum de dois, entregue à vida e aos amores. Mas agora é o insólito desta calmaria, deste breu de noite, o esplendor estrelado contra um fundo todo preto de céu, e eu aqui tão sozinha, eu que, ao mesmo tempo, não gosto de histórias de amor.

Sou a mulher e o homem do meu próprio regimento, do meu próprio batalhão, o comando, eu que ocupo aqui o meu posto. Este é o capítulo mais difícil da minha vida, eu que só queria mesmo, antes, ser feliz, eu que deveria talvez ter permanecido em Houston, ou mesmo partido de vez para os Países Baixos, um lugar qualquer onde a história da nossa inexistência ficasse esquecida, onde eu vivesse distraída por todo tipo de amores, por todo tipo de tecnologias, por todo tipo de línguas estranhas.

Se isto fosse uma história, seria a narrativa de uma inexistência, começaria em página anterior ao zero, número negativo qualquer, o antes de tudo, tendo como enredo a minha ancestralidade rarefeita, nossa origem não registrada em livro cartorário nenhum. A narradora seria eu, falando provavelmente a partir de Houston, a metrópole global onde morei recentemente, na rua Delaware Way, número tal e tal...

Então isto — que não é a estrangeira Houston nem conto de ficção —, isto é apenas a terrível realidade, uma bravata pessoal, por uma questão de honra, minha intentona fora de época, referida aos anos de 1930, mas também aos de 1940 e antes, os 1800 em que nasceria meu avô. Busco o máximo de verossimilhança, embora isto não seja uma invenção — busco a verdade dos fatos, especialmente daqueles ocultados de nós, custe o que custar. Também não se trata aqui de um estudo intelectual. Isto é apenas uma investigação a meu modo, eu que sou semiárida, beligerante e corsária.

"Corsária" por causa de fatos verídicos ocorridos no mar, que meu pai sempre nos contou e que, em última instância, no fundo da minha inconsciência, influenciaram minha vida e esta decisão de estar aqui hoje, neste fim de mundo chamado Três Estradas. "Semiárida" porque somos originários da dureza deste alto sertão e porque, assim, portanto, me criaram, realista e estoica. "Beligerante", sim, como cachalote ferida e, por isso mesmo, feroz — minha mente, minha cachola de baleia, é cheia de tanta coisa que teria a mesma grandeza desconforme da cabeça das cachalotes, elas que também têm dentes como eu.

"Corsária", sim, como os bichos que assaltam, valendo-se do elemento surpresa de uma dor que lhes infligiram mas que não os matou de fato, corsária, portanto, como os bichos feridos que se vingam. Assim meu pai contava, na nossa meninice crédula, a história real, incontestável, entusiasmado como se fosse um capitão de fragata, qual cisne branco flutuando em noite de lua, verso do hino de marinheiro que ele costuma cantarolar ainda hoje, assim ele nos contava o evento verídico: o naufrágio de um pequeno barco causado pela vingança de uma cachalote, o mais inteligente dos cetáceos da face desta Terra. Arpoada pela crueldade, pela ganância argentária de um navio baleeiro, a cachalote conseguiu escapar, ferida, e foi deixando um rastro de sangue a tingir a superfície do mar azul. Ferida, azaranzada, com dor e raiva, atacou por engano um barco menor (pensando ser o baleeiro assassino), acertando no casco uma pancada tão forte que a embarcação fez água, a ponto de afundar.

Os náufragos, um casal que cruzava os oceanos navegando de ponta a ponta, perceberam o drama da baleia confusa. Salvaram-se, homem e mulher, refugiados em um bote inflável por mais de um mês até serem resgatados. Assim meu pai contava, maravilhado com a capacidade de os náufragos terem sobrevivido tanto tempo no bote e a muitas milhas da terra firme mais próxima. O desenlace desse caso real, meu pai lia para nós, em voz alta, de um pedaço de jornal amarelado, que guardava havia tempos: "Os dois náufragos não tinham dúvidas: haviam sido vítimas indiretas da ação daquele baleeiro e, possivelmente, da extraordinária capacidade de um animal de tramar e executar uma ação típica dos humanos — a vingança. Só que contra o barco errado".

Mal sabe meu pai que toda a minha admiração vai não para o casal sobrevivente, mas para a baleia ferida e, ainda assim, e por isso mesmo, feroz. Ação típica dos humanos: vingança. Então, aquela ferocidade pode ser a minha. Feridos fomos todos nós, embora o animal, o bicho, seja somente eu mesma, aqui manifestada — com a diferença de que meu instinto não errará o alvo, pois que tudo estará mapeado, circunscrito por imagens precisas de drones, dimensionado e redimensionado concretamente em olho por olho, em dente por dente. O elemento surpresa, neste caso, está comigo, a vítima calada por tanto tempo, herdeira incerta e não sabida.

De todos os lugares, minha passagem por Houston deveu-se ao carma que meu pai sem querer instituiu na minha vida, de sempre termos vivido perto de portos e aeroportos, dado o desejo frustrado que o homem alimentou vida afora de ter sido capitão de fragata ou piloto de avião. Por isso nós, seus filhos, nasceríamos nas redondezas das praias de lugares menores ou maiores, e sempre muito perto dos aeroportos onde ele trabalhou como almoxarife. Meu pai cumpriu o serviço militar como fuzileiro naval na juventude, na função de telegrafista, daí seu gosto pelo mar. Tempos depois, passou a colecionar flâmulas de companhias aéreas do mundo todo, além de miniaturas de aeronaves e navios de todo tipo. Assim ele purgava o que, no fundo, sentia como o fracasso de sua trajetória pessoal. Meu pai foi um injustiçado total, de fio a pavio, em palavras de meus avós postiços.

De todos os lugares, parei aqui neste cafarnaum chamado Três Estradas, no alto sertão, com o propósito de preencher lacunas e esclarecer mentiras que acompanham a vida de meu pai e de minha mãe, eles que não constam, eles sobre quem nada se registrou, eles que se calam sobre o que sempre me interessou conhecer. Esta minha aventura não tem a aprovação deles, muito pelo contrário, ofendem-se, amargando não sei que tipo de dor a partir dos dados que ando aqui coletando, de um passado remoto, da nossa antiguidade tardia, que preferem manter como morto, que ando revolvendo, trazendo à luz como ninguém nunca ousou fazer.

Não me deixo abater pelo chororô deles — mantenho meu plano, meu projeto pouco metódico, mas firme em seu propósito. E digo e repito a eles a todo momento: “Ora, quem, em sã consciência, acha que eu quero contar a história da vida de vocês? Não! Não quero", eu disse a meu pai e minha mãe numa conversa dura e definitiva que tive com eles antes de vir para cá. "Nunca quis! Porque é doloroso demais para mim também", complementei.

Ainda que isto não passe de um arregimentado de provas, de um relatório de sistematização de provas para embasar uma série de processos em que vou pedir a justa indenização, isto também se chama dor, doer, doer e doer, mesmo que eu me proíba maiores emoções, vacilos, gagueira e tropicões típicos dos perfis de sofridas heroínas de histórias de ficção. Não. Não mesmo.

Os fatos que vêm de datas perdidas no tempo têm raízes na pequena comunidade de invasores holandeses que aqui se refugiaram nos idos dos 1600, acossados por tropas da Coroa portuguesa que os expulsaram do litoral de Pernambuco. Rastros daquela gente ainda são identificados em sobrenomes remanescentes de famílias como van der Ley, Lichthart, van Waerdenburch, de Holanda, tanto aqui como para as bandas do litoral.

Por uma coincidência quase fictícia do destino, meus pais têm vínculos com esse grupo estrangeiro, sendo minha mãe filha adotiva de uns Lichthart que lhe negaram esse sobrenome — e sendo meu pai filho bastardo de mãe identificada como van Waerdenburch, morta na hora do parto dele. Esse sobrenome, conforme meu pai sempre contou, vem de algum general holandês dos 1600, em cuja homenagem se construiu na capital, Imbiribeira, um forte chamado Waerdenburch, destruído há muitos séculos e séculos.

Para além da origem localizada no tráfico transatlântico de escravizados africanos para estas terras, fato evidente na cara de meu pai e de meu avô, eis que a ancestralidade holandesa se perdeu em documentos nunca lavrados, o que não significa que meu bisavô africano tenha tido papéis de procedência, registros com nome e datas. Não teve, não sabemos quem foi ele. Meu pai não sabe de nada, e nunca teve condições de procurar.

Dentre todos os lugares que escolhi para minha verificação e coleta de provas que demonstrem a genealogia perdida ou ocultada, a herança negada — Amsterdam, Timbó, Regalado e Imbiribeira —, o mais importante é este onde me encontro hoje, na região de Três Estradas, lugarejo onde minha mãe provavelmente nasceu, e por onde meu pai vagou aqui e ali, seguindo os passos incertos de meu avô Malaquias. Vim até aqui para um acerto de contas, para descobrir por que o sobrenome Lichthart foi omitido dos documentos de minha mãe, por que negaram a ela essa identidade de filha que deveria ter sido legalmente adotada. Por parte de pai, um de meus sobrenomes deveria ser van Waerdenburch, nome de proprietário, de donos de vastas extensões de terra de lavoura e gado, exploradores do trabalho braçal de meus tataravós, bisavós, avós.

Minha questão é a indenização por danos, pela herança adulterada, não é o status do nome holandês — e pouco me importa a outra origem fundadora das genealogias rarefeitas, pouco me importa o sobrenome de quem veio de que reino de Miragaia, os navegantes que aqui se instalaram como se esta fosse terra de Seu Ninguém. O que eles não sabiam (e não sabem) é que Seu Ninguém sou eu, Seu Ninguém é meu pai e é minha mãe. Pouco me importa em que século chegaram, em que ano da fundação de povoados seculares como Igarassu, pouco me importa aqueles de sobrenome "de Tal e Tal" que se assenhorearam por completo do país, alastrando-se terra adentro, de norte a sul, impondo seus Dias, seus Nascimento e seus Assunção aos aborígenes, aos escravizados de todo tipo. O sobrenome deles eu conheço, sei de onde vem. Sei que mal causaram. Minha questão é o nome ocultado, a herança usurpada, para além do outro dano infligido.

Vim também averiguar registros das ocupações que couberam a meu pai na fábrica de tecidos e na fábrica de cimento, vim provar como minha mãe teria direito a outro lugar no mundo que não a cozinha do refeitório a que foi relegada como lavadeira de panelas enormes, maiores do que ela, coisa que afetaria para sempre sua coluna vertebral já malformada, consequência da fome antiga e sertaneja. Minha questão é reivindicar o que seria por direito da massa proletária de onde vieram meus pais operários, trabalhadores a salário de fome, ele tendo perdido dois dedos em acidente de trabalho com machado na Companhia de Tecidos Lundvotorim, a CTL, fábrica de tecidos em Regalado, Pernambuco, e arruinado posteriormente seus pulmões na função de ensacador de cimento na Fábrica de Cimento Pauli, naquele mesmo município, ambas propriedades dos coronéis Lundvotorim. Portanto, cá estou eu para o acerto das contas dele, para o inquérito, a reclamação da dívida devida, da indenização total.

Vim a Três Estradas também para procurar Abel, irmão adotivo de minha mãe, filho e único herdeiro consumado do mesmo casal Lichthart que adotou ambos, Abel e minha mãe, crias do desamparo e da miséria dos sinistros anos de 1930 nestes sertões da alta antiguidade. Para tanto, faço aqui um levantamento, uma pesquisa completa. Meu plano é deixar tudo muito didaticamente documentado, como se fosse uma ferramenta de estudo, um material verossímil a qualquer auditabilidade, a quem interessar possa. Eles terão de se ver comigo, porque todas as provas estarão coletadas... organizadas em arquivos, em pastas digitais e físicas. Ao mundo não devo nada, eles é que me devem. Então, de resto, não devo nada a ninguém, eles é que me devem.

Estou preparando também uma cópia em papel (sou tão antiga quanto meu pai telegrafista e radioamador autodidata, funções extintas há décadas e décadas). Arranjei uma pasta de couro com zíper — que aqui ainda chamam de "fecho ecler" — onde estou organizando todos os documentos. Fui ao centro do vilarejo e comprei essa pasta — a cidade é onde tem papelarias —, e meia dúzia de canetas vermelhas, marcadores de variadas cores (como quem se aplica em um trabalho escolar, de primeiras letras). A caneta vermelha, uso para anotações complementares e correções nos dados; os marcadores, para ir eliminando com riscos o que já foi encontrado; o que não achei em nenhuma das fontes, anoto em letras grandes, em marcador azul, NC (nada consta, frequentemente dados sobre meus avós e bisavós, ou sobre eventuais antepassadas mulheres na nossa árvore genealógica de tronco ressequido, de poucos ramos identificáveis, sem folhas nem frutos).

"Se isto é meu memorialismo? Sim, chame do que quiser", respondi a Álvaro, esse homem que já foi meu e que ficou em Houston. Silenciei todas as mensagens dele, de áudio, de vídeo, de texto, porque ele é implacável nas críticas a este meu projeto, que ele trata como um "aventurismo quixotesco". Ora, Álvaro não conheceu meus avós, não me conhece, portanto. Não passei a ele minha localização geográfica atual (nem em tempo real nem imaginário). Ele no fundo gostaria de saber, porque se propõe, apesar da crítica, a me auxiliar com tecnologias de todo tipo na minha pesquisa de dados e documentos.

Em resumo, isto não passa mesmo de um fichamento para relatório, que estou fazendo porque faltam poucas páginas para o final da minha vida. Daqui por diante, vou contar mecanicamente assim a minha vida, em número de páginas — e deixar o resultado como de domínio público: acesse quem quiser o relato comprobatório de nossa desgraça, de nossa nanobiografia.

Não fiz roteiro prévio nem cronograma organizado, não sou metódica, mas delimitei como ano-teto para o final desta apuração o dia do meu nascimento. Quando chegar naquela data, a pesquisa se interrompe, a despeito do que eu ainda não tenha conseguido descobrir — é o limite, a página última, número tal e tal, eu que deveria ter morrido aos sete anos de idade.

E, devo acrescentar, se isto fosse uma história, seria no linguajar local, dicção do tempo dos meus avós, que nasceram e morreram neste lugar, modo de falar de que eu já tinha me esquecido, mas que mantenho guardado em algum canto da memória, numa espécie de cofre cuja chave perdida reencontro de repente — pois eu faço meu próprio vocabulário desde menina, coleciono palavras do meu idioma e de outros, estrangeiros ou mortos, sinônimos e antônimos, que às vezes uso, ou deixo trancadas lá muito tempo. É porque não dicionarizaram a minha vida, então, faço eu mesma, monto a coletânea, dou significado; uso quando e como quero. É porque, como fui gaga quando menina, estabeleci a mim mesma um treino a partir da minha coleção: pronunciar cada palavra lentamente, depois um pouco mais rápido, e assim por diante, até conseguir emiti-las como faziam as pessoas normais ao falar, sem vacilos nem tropicões, sem vexame nenhum.

— Desasila, Álvaro. Desasila! — eu disse a Álvaro outro dia, mas ele não entendeu, ficou no ar, silenciado. [Mantenho silenciadas as mensagens dele, que me geram angústia. Passo dias e dias sem saber se ele me procurou ou não.] Álvaro não conheceu o vocabulário dos meus avós. Não sabe quem são aqueles velhos, a cara, a língua não dicionarizada.

Nada disso são invenções lexicais. É tudo verdade e fala. (Mas quem se importa? Quem, em sã consciência, se interessa pelos avós dos outros? Somente eu, talvez, que sou regional e tenho fortes laços com a "hinterlândia", como diz Álvaro, com o interior, o nada das vastas extensões desabitadas.)

Álvaro foi meu último homem, e vive em Houston, mas nós nos conhecemos em outro mundo tão improvável, um posto militar de fronteira na Amazônia, na região da Cabeça do Cachorro. Estávamos ambos a trabalho, realizando pesquisas no lugar, quando ele teve uma crise de medo de insetos, ele que padece de aracnofobia aguda. Eu ri do pânico dele, sem saber do grau de gravidade, e depois consegui acalmá-lo. Foi assim que nos aproximamos. Até hoje ele me recomenda todas as vacinas contra todos os vírus e insetos do mundo, antídotos que já tomei, e que já confirmei e reconfirmei que já tomei. Ele tem muitos medos, mas como vive em Houston, aquela cidade translacional, cidade-fármaco, onde parece que ninguém morre, onde parece que nenhum inseto sobreviverá, ele se esquece de que é um mero mortal.

— Você viu esta notícia, Álvaro? — perguntei outro dia, numa mensagem de pura provocação. — Viu que avistaram em Marte uns formatos, umas manchas em forma de desenhos que lembram aranhas? Talvez sejam aranhas de verdade... imagine você se forem mesmo, aí tua aracnofobia não terá salvação, nem aqui nem lá!

Quando Álvaro pediu para que eu ficasse em Houston, respondi que não podia, que não sou global, que sou regional-local, que poderia ser de qualquer lugar, como a Cabeça do Cachorro, que queria ter aprendido a falar em nheengatu, que eu poderia inclusive latir (brinquei)... que naquelas áreas de selva amazônica eu poderia muito bem ser um bicho, ou uma guerrilheira, que ele não me conhecia, porque não conhecera meu avô, que eu só fui parar em Houston por um estranho carma herdado de meu pai, e porque, finalmente, meu modo de ser não contempla um lugar tão estrangeiro quanto Houston — não mais, porque não sou daquela cidade, nem de outra, nem mesmo deste lugar onde nasceram meus avós, meus pais. Sou interestadual e deslocada, não sou natural daqui nem de lá. Quando perguntam minha "naturalidade" em formulários, fichas de documentos e currículos, respondo: "Sou não natural". Morei na rua Delaware Way, número tal e tal..., em Houston, mas esse endereço poderia ser em qualquer cidade do mundo, essa rua, uma *highway*, uma *freeway* na cidade onde eu me perdia sempre, confundindo norte com oeste, leste com sul, eu que sou pouco geográfica e muito desorientada.

Se isto fosse uma história, não seria uma narrativa de amor, porque não suporto esse tipo de coisa, sequências de fatos ordinários narrados, nem cronologia de amores passados, bons ou ruins, perdidos ou não, porque a vida são desvios, desencontros e divergências, porque não se conta a vida assim como se pensa que ela é, linear e singela e feliz. A vida é séria e péssima — e agora é doer, doer e doer até o limite.

Quando Álvaro me pediu para ficar em Houston, e perguntou o que eu vinha fazer aqui "neste buraco" onde estou, respondi:

— Não me peça para reviver a cidade. Não quero saber da cidade, que não me interessa, nunca me interessou de verdade. Não é isto que você chama de meu "memorialismo"? Então? E daí? É aqui que estão as minhas coisas, a minha herança nunca recebida, a indenização nunca efetuada. Para o inferno se não quiserem me dar, me entregar o que seria, por direito, de minha mãe e de meu pai. Pelo menos aqui não se tem ruído de vizinho. Prefiro os matutos, os conhecimentos infusos, o senso aguçado para a fatalidade que eles demonstram. Aqui sou sem máscaras, sou nua. Não preciso nem da metade de todas as roupas que tenho nos armários da cidade.

Álvaro é um multiprofissional engenheiro muito científico, dedicado a operações complexas de atribuir inteligência de gente às máquinas, daquele tipo de homem que faz qualquer outra pessoa se sentir um tanto ridícula, como se somente ele soubesse das coisas, como se a existência do outro fosse indicador de algo absolutamente insignificante. Nosso relacionamento amoroso pouco importa hoje. Mas ele me procura sempre, como quem ainda gosta de mim, para emitir alertas de todo tipo, dar conselhos, fazer suas ponderações muito críticas. No entanto, e em certo sentido, é bem verdade, me interessam mais as pessoas que não gostam de mim do que as que gostam. Interessa-me saber que defeito meu é que desperta nelas desprezo, repreensão, indiferença, entre outros sentimentos ruins. Não significa que pretendo mudar o defeito que elas identificam em mim. Muito pelo contrário, minha vontade é agravá-lo ainda mais, exacerbá-lo até um ponto insuportável para elas.

Se isto fosse uma história, seria uma comparação entre este cafarnaum de Três Estradas e a cidade de Houston, entre uma imagem computacional de alta precisão e uma cerca de varas de marmeleiro, entre uma paisagem de xique-xique espinhoso se esgalhando pelo chão e o pavimento fluido de uma *freeway* de Houston, entre uma casa de pau a pique e uma *tower*-torre qualquer de arranha-céu do *skyline* de Houston, entre a Cabeça do Cachorro e a ilusão de ótica do formato de uma aranha no solo de Marte, entre uma mulher de vida ordinária quase feliz e outra, esta, eu, hoje, na seriedade de um propósito maior, por uma questão de honra.

Isto não é a cidade — pelo contrário, é o fim do mundo este lugar onde estou. Às vezes acho que vim fazer a coisa certa, outras horas vem a condenação, e duvido de tudo, não sei que besteira armei para mim mesma. Esta semana, me deu um desânimo e parei tudo. Um desânimo, sim, pois quem, em sã consciência, decide revolver todo um passado em busca de uma herança perdida talvez para sempre? Quem, por mais beligerante?

Estou aqui entocada faz dias, deitada por horas inteiras nesta rede, indo do alpendre para a cozinha e a sala, o dia todo. No mormaço da tarde, observo daqui o rebuliço de um ou outro calangro verde ciscando pelo terreiro e escapulindo ligeiro pelas frestas da cerca... uma existência e tanto desses bichos que rastejam, que nunca precisaram viver erguidos sobre as patas, que não correm o risco de cair, para depois precisar do esforço sobre-humano de se levantar.

Herdei provavelmente de minha mãe uma coluna vertebral defeituosa, uma malformação na genética dela, por provável desnutrição, falta de comida, de cálcio que fortalecesse seus ossos na infância miserável que amargou nestes sertões, de modo que houve a transmissão desses dados deficientes para o meu corpo de filha. Tenho dores nas costas que não teria se fosse uma dessas espécies terrícolas rastejantes, um calangro ligeiro. Afinal, ninguém neste mundo deveria ser obrigado a ficar ereto o tempo todo, como ser humano que se ergueu sobre as pernas.

Com o correr da vida pesada, a coluna vertical de sustentação não aguenta, vem a dor, comprime-se a cervical, a torácica se curva toda, a lombar encolhe, cheia de calosidades e calcificações; as vértebras escorregam — mesmo que minimamente — para um lado e para o outro. Vem a dor, até a pessoa ter vontade de se entregar, virar o réptil deitado e de quatro patas de quando assim o foi um dia, talvez, de onde assim se originou, de como assim surgiu e o foi. O foi — ou seja, quando, onde e como foi bicho. O foi, sem fala, quadrúpede cheio de instintos, lagarto escorregadio. Afinal, um médico me disse que o pescoço (a cervical) é o cabo de guerra entre o racional (a cabeça) e o emocional (o corpo-coração). Quando o pescoço está comprometido, com dor, é por isso, ele disse, porque o corpo está enfrentando um cabo de guerra.

Em outro momento do mormaço desta hinterlândia, fico prestando atenção no canto de passarinhos diversos..., como se conversasse com meu avô Malaquias. De manhã cedinho canta aqui uma maria-já-é-dia... uma passarinha vulgar cujo canto parece emitir repetidamente esta frase: "maria, maria... maria, já é dia...", "maria, maria... maria, já é dia...". Foi meu avô Malaquias, pai de meu pai, que me ensinou a ouvir. Meu avô! Que vontade de falar com aquele homem com quem convivi tão pouco. Meu avô... um preto filho de africanos escravizados, que ninguém chamou de capitão nem coronel aqui por estes confins onde nada lhe pertenceu.

Em momentos como este, preciso vencer minha súbita descrença, esta apatia, falta de ânimo para lutar contra a desesperança e o lento passar do tempo. Estou usando a mesma roupa faz quatro dias, que aqui neste fim de mundo ninguém me vê, nem é a variedade de roupa o que conta. Admiro com espanto pessoas que ficam deprimidas por longos períodos, entregues, largadas, paralisadas. Não é meu caso, não posso fraquejar a esse ponto em que sucumbem os desolados da vida. Infelizmente gosto do amanhecer, do canto dos galos inaugurando manhãs... da passarinha vulgar e repetitiva. Sou muito diurna. Mas ontem tive dificuldade para dormir, acordei de madrugada... Perdi o sono. Não sei para onde ele foi. Saí para o alpendre. O céu aqui é todo estrelado em fundo preto e límpido, todo completamente, como não se vê nas cidades grandes, de luzes artificiais, onde já vivi. Na alta madrugada, sapos coaxavam lá longe, para os lados do regato. A casa estava cercada de escuridão por todo lado. Adormecer custou-me horas, como se eu fosse a sentinela de mim mesma, vigiando não sei que trincheiras, de não sei que guerra, isso que tem o nome de insônia. Esta caatinga ressequida transforma-se de noite numa mata branca, como se a galharia estivesse coberta de neve, ressaltando-se no breu da noite como paisagem invernal europeia, holandesa.

Ao adormecer finalmente, tive um sonho com Álvaro: na verdade, sonhei com um homem que tinha a cara dele, mas o pênis de outro... de um amigo que temos em comum, em Houston, homem de corpo robusto, todo forte... Era assim o pênis carnudo desse homem no sonho, bem mais grosso que o de Álvaro... coisa absolutamente sem sentido, porque eu jamais faria sexo com aquele amigo. Não contei a Álvaro sobre o sonho, cuja atmosfera era de certo desencontro e estranheza. E tenho sonhos sexuais eventuais com uma mulher, que são de outra ternura, muito embora sonhos não me movam, não me deixem marcas nem impressões fundas. Trato de apagá-los logo, esquecê-los no dia seguinte. Não quero viver de coisas irrealizáveis.

Não sei por que Álvaro ainda fala comigo. Já não temos nada um com outro. Quando saí do nosso relacionamento, ainda em Houston, eu já estava de amores com uma mulher, Betina Eckout, que conheci em Amsterdam e me auxiliou com minha pesquisa pela origem e destino dos van Waerdenburch desde aquela alta antiguidade dos 1600 até a atualidade. Álvaro se ressentiu, meio pasmo. Fato é que ele, no fundo, se interessa por esta minha façanha investigativa, envia mensagens com frequência, quer saber como as coisas andam. Estranho como Álvaro me lembra certos homens e mulheres com quem já estive — a mesma oposição a certa altura das relações, as mesmas dúvidas, queixas, desencantos. "Está na cara que o desejo era por mim...", Álvaro diria sobre meu sonho de sexo com outro homem.

Se isto fosse uma história, eu escreveria tudo o que de fato interessa — e não mencionaria Álvaro (não suporto narrativas de amor). Agora só faltaria escrever, na dicção deste alto sertão: em correção precisa, revisão necessária. Escrever, reunir os elementos da composição de nossa malformação (a pobreza de meu pai e de minha mãe), relacionar o presente a uma ausência, a um passado que parece não ter existido. Que vaga foi essa que desaguou na nossa desgraça?

Mas este meu relatório de inteiro teor não passa do resultado de uma bricolagem infernal, processo caótico de coleta de dados, de angariar de provas, de sistematização da nossa marca de nascença. Aprendi essa palavra "bricolagem" com um homem — há palavras que aprendi com homens; outras, somente com mulheres. Aprendi a ser intelectual com uma mulher. Se isto fosse uma história, minhas descrições teriam crueza, dor e malvadeza, como quem dissesse: dane-se quem ler, quem ouvir.

Se isto fosse uma história, pois eu escreveria direito, como menina praticando caligrafia, no capricho, devagar e cuidadosamente — assim era que o resultado ficava bom e eu admirava a mim mesma, eu que faço meu próprio dicionário desde criança, numa espécie de vício de colecionador, que não serve para nada, mas eu faço. O que ocorre é que isto não passa de um metódico relatório a ser concluído, ainda que cheio de manchas de tinta de cores diversas, de canetas, marcadores e lápis — isto não passa de um mata-borrão antigo, que vai absorvendo a tintura do rascunho de nossa biografia rarefeita e irrelevante.

Larguei minha existência ordinária em Houston (o antes) e decidi vir para cá cuidar da minha vida séria e tão pregressa que começa em página de numeração negativa. Minha dívida eu pago assim, em ação radical — faço, providencio, é como vejo que preciso agir quando se trata, em parte, daquilo que julgo destino injusto de família, de antepassados que desconheço. Ao resto do mundo, não devo nada, eles é que me devem.

Houston, cidade que é um disparate de tão rica, me serviu como o contraste de que eu precisava. Foi lá que me prometi vir aqui, a este cafundó onde hoje estou, para fazer exatamente o que vim fazer. Decidi em Houston — onde eu sempre me perdia entre a Freeway South e a Freeway North, entre leste e oeste — cumprir o que considero um dever, um justiçamento necessário. E aqui eu não me perco, lugar pequeno insignificante nos mapas do mundo, aqui eu sei mais ou menos quem sou e para onde vou. Aqui procurei principalmente Abel, o tio adotivo, sem laço de sangue, irmão de criação de minha mãe, a quem pedi satisfação e esclarecimentos sobre um passado que sempre me intrigou e nunca se esclareceu — porque talvez eu não tenha perguntado o bastante, porque talvez tenha adiado muito me defrontar de vez com a defeituosa crônica de nossa vida. Conta-se, no diz que me disse de aparentados e conhecidos da família, que Abel vive na opulência, tendo muitas terras sob seu domínio.

Sou herdeira incerta e não sabida — assim consta, como "herdeira incerta e não sabida" —, conforme citado nos termos do requerimento (de minha reivindicação, minha declaração de inteiro teor) que tramita em fóruns deste fim de mundo onde me encontro. Uma questão de justiça. Uma questão de honra.

Neste deserto silencioso e imóvel — extremo oposto do vai e vem de automóveis cortando velozes as perfeitas lâminas de asfalto das pistas de Houston —, não há ninguém pelas redondezas, nenhuma vizinhança, estou a cerca de trinta quilômetros do centro do que se pode chamar de cidade mais próxima, onde vive Abel, onde também estão parte de suas propriedades, suas terras, seu gado, suas plantações, "seus possuídos", como ele diz. Aqui, somente os bichos sabem de mim, um calangro, um preá, uns passarinhos cujo canto foi meu avô paterno que me ensinou a escutar e reconhecer — um sofrê, uma maria-já-é-dia. O resto é silêncio total, somente cortado aqui e ali pelo tilintar dos sinos no pescoço das cabras que pastam entre gravetos, na mataria seca aqui perto, ou pelo ronco de alguma motocicleta de trabalhadores do lugar, indo e vindo nos seus afazeres.

Não dei nem mesmo a minha família este endereço exato, deste povoado que tem por nome Três Estradas, mas isso pouco importa, que o lugar podia ser também Piancó, Caicó ou Icó, Cuité ou Catolé — tudo é o mesmo Congo, o mesmo alto sertão. Andei vasculhando esses lugarejos por aí, além de outros. (E eu não quero mesmo que me encontrem, não me interessa passar para ninguém minha localização geográfica em qualquer tempo, real ou irreal.) Desta casa onde estou vivendo, a paisagem de terra seca e vegetação rasteira se estende até o pé das serras baixas mais além. Somente uma ou outra algaroba frondosa se destaca neste vazio, a presença de uma ou outra jurema mais alta, um faveleiro persistente. Nada — somente um casebre aqui, outro acolá, que mal se avista, brotando adiante da estrada estreita, de solo raso e cascalhento, e outros trechos em areia tão fofa e branca que lembra uma praia.

Só pode ser verdade, portanto, que este território todo já foi mar um dia, em tempos tão anteriores que é quase inacreditável. Pois se os humanos já foram à Lua e enviaram robôs a Marte, por que este pedaço de chão não pode ter sido mar? É claro que pode! É claro que isso aconteceu.

Portanto, do mesmo modo que já está provado que existiu gente neste mundo há mais de dez mil anos, ou mesmo há dez milhões de anos, os caçadores-coletores, os desenhistas de pinturas rupestres em cavernas, se é preciso afirmar a paleontologia, a Idade da Pedra, a Era do Gelo, como não dizer que houve aqui, neste saara, na altíssima antiguidade, uma inundação pelo mar? Como não comprovar que esta minha intentona se baseia em fatos reais, em números reais, em gente de carne e osso como meu avô, meu pai, minha mãe — ainda que sem registro, ainda que vítimas do apagamento intencional da história?

Estou buscando também em arquivos e literatura de época algum parente ou aparentado meu que porventura tenha lutado nas revoluções do século retrasado. Seria um bisavô? Em qual intentona? Em que século passado? Sim, ora, porque houve revoluções! Houve insurgências populares em toda a miserável década de 1930. E antes, em décadas anteriores, não houve também convulsões sociais, cangaço, justiçamento? Revoluções malogradas, é verdade. Mas quem, da minha parte, do meu antigo sangue, se revoltou, se rebelou como eu? Quem? Quem, que eu não encontro, que não deixou rastros, mas que certamente existiu, tanto quanto homens pintores habitaram cavernas? Quem, cujas vozes, cujos atos, ecoaram aqui mesmo, nesta localidade? Que vinganças praticaram? Que combates travaram, que feridas sofreram? Deixaram rastros de sangue por aqui ou pela superfície do mar? Saíram vitoriosos ou derrotados? Necessário encontrar avós, bisavós e tataravós que comprovem minha herança. Empenho-me há meses em buscar seus nomes, querendo ler sobre eles, ver uma imagem deles em retrato. Mas como ler o que não foi escrito, o que nunca se disse nem se registrou? Como ver o que não se fotografou? A busca me parece inútil em diversos momentos, quando fraquejo, quando minha vontade é tocar fogo nesta habitação provisória e ir-me embora para não sei onde — que talvez eu não tenha para onde voltar, eu que devia ter morrido aos sete anos de idade.

Esta sou eu, beligerante e corsária, procurando trincheiras de não sei que guerra. Estas são minhas questões. Esta é minha era do gelo em pleno processo de derretimento, é minha floresta se degradando, sou eu, que não passo de uma presa em extinção, uma baleia se defendendo de algum arpão. Mas eu não vim aqui para falar com ninguém não, a não ser pelo estritamente necessário à minha investigação. Vim acertar umas contas. De resto, sou quase um indígena isolado... eu que tinha este desejo de pertencer a um daqueles povos que nunca são vistos, senão furtivamente, enfurnados nas profundezas da mata escura, de quem só se ouviu falar, de quem só existe vestígio vago, boato e lenda.

Eu tinha esse desejo. E já mencionei isto a Álvaro: ser indígena isolado, de grandes arcos e flechas certeiras... de nome inusitado, difícil de se pronunciar, Yrapararikuara, da Terra Uru-Eu-Wau-Wau, de grandes vazios demográficos, de quem só se confirmaram rastros e restos de comida. Nenhum contato visual com alguém de outros mundos, situação de total afastamento, a leste, a oeste, ao sul e ao norte das bacias de grandes rios que cortam as selvas profundas.

Eu já disse a Álvaro — que ficou em Houston e com quem não quero mais falar porque ele faz acusações pesadas contra mim o tempo todo —, eu já disse a ele, com todas as letras: "Álvaro, eu queria ser um indígena isolado, para nunca ter visto tua cara, ouvido tua língua, comparado você comigo. Para você não saber pronunciar meu nome. Faça de conta que sou um indígena isolado, que falo uma língua desconhecida, que sou Yrapararikuara, sou Seu Ninguém, de origem tal que você ignora e não compreenderia jamais. Me esquece, Álvaro!". Essa foi a minha separação, o meu plano de desintrusão de Álvaro da minha vida.

Álvaro é urbano, pragmático, e respondeu, como qualquer homem ou mulher que já passou pela minha vida, como se fosse uma só e única pessoa, sempre na mesma oposição, na mesma divergência, no mesmo tom:

— Isolamento é o que não falta pra você aí, não? Por que não sai um pouco, vai a um centro qualquer assistir a um filme num cinema, ver gente, voltar à vida? Você acha mesmo que está fazendo uma grande coisa a tua família? Você nem mesmo se importou com o que eles sentem, com as objeções que fizeram.

Álvaro desconsidera o meu esforço em acreditar que minha busca pela reparação do nome de meu pai é correta, um serviço que restitua o sobrenome que minha família deveria ter tido, gente que veio se arrastando pela vida sem linhagem reconhecida, sem eira nem beira, sem posses, gerações de gente injustiçada, ludibriada, aviltada na humilhação, na submissão. Minha pesquisa, minha bricolagem, reivindica, sim, no fim das contas, o patrimônio material, a herança que deveria ter sido de minha mãe, a indenização que ainda devem a meu pai.

Álvaro tem seu julgamento sobre a minha pessoa: apegada em excesso ao passado, numa nostalgia que parece a ele burlesca, que, segundo ele, apequena minha visão de mundo, visão, conforme ele gosta de dizer, "orgânica demais", "em vez de crítica, de problematizadora".

Nesta minha apuração, meu levantamento de árvores genealógicas, já notei o quanto me interessam a duração dos casamentos, as datas dos enlaces e das mortes, a posição dos cônjuges, e especialmente das mulheres, na teia das ligações de família, matéria em que me demoro mais tempo pesquisando — pois isso se deve, muito provavelmente, à presença de Álvaro na minha vida e à minha decisão final de me afastar dele.

— Não precisa mais falar comigo, Álvaro. Não se preocupe. Vim acertar umas contas aqui. Ao resto do mundo, não devo nada, nem a você. — Fui assim, taxativa, mas tenho frequentemente sonhos eróticos com ele. Só que não conto, guardo comigo por vergonha, já que meu interesse muito focado na virilidade dos homens com quem me relacionei (mais, talvez, do que na pessoa deles) às vezes me constrange. Sempre gostei de observar como leiga o membro do macho, quase cômico na sua autonomia de ventríloquo.

O processo de desintrusão de Álvaro da minha vida se deu também porque, ainda em Houston, eu estava de amores com a holandesa que conheci em Amsterdam, Betina, atração outra, identificação pela sabedoria das intimidades, das trocas envolventes, da sedução de pele lisa, de mergulho na escuridão úmida dos túneis — túneis que vão dar onde? Que vão terminar em que era ancestral da caverna musculosa e oca de um útero?

Perco tempo pensando em relações que tive, e que aqui, no mormaço deste sertão imóvel, soam como coisa extemporânea, extraterrestre. Hoje sigo sozinha, sem vontade de conhecer gente, de instituir relacionamentos. Não quero conhecer ninguém, nem por aposta de algoritmo, nem por match de inteligência artificial, nem nas confrarias, nem nas comunidades. Não quero encontro às cegas nem às claras, não quero convites nem sugestões.

Vim cuidar da minha vida, tratar de fatos pregressos da existência de minha mãe, e para tanto procurei Abel Lichthart, o meu suposto tio, o que deveria ter sido. Na primeira conversa com ele, fui direto ao ponto, sem embromação:

— Preciso que você saiba de uma coisa, Abel... Encontrei uma certidão de nascimento de minha mãe em que os nomes dos pais são diferentes daqueles da certidão dela que conhecemos... Nessa certidão que encontrei agora, constam os nomes dos pais adotivos de vocês dois, os Lichthart, Manoel e Isaura, que adotaram você e minha mãe, certo?

E entreguei a ele o fragmento de papel desbotado, preenchido ainda em letra cursiva manual, escrita com tanto esmero que lembrava um bordado em forma de caligrafia:

CERTIDÃO DE NASCIMENTO

4ª Zona Judiciária
Comarca de Campina

Certifico que do livro nº (NC — nada consta) de registros de nascimento deste distrito de Três Estradas, a folhas número (NC), sob o número de registro (NC) consta o nome de ***LAIANE DO NASCIMENTO LICHTHART***, nascida no dia *trinta de maio (30/05) de mil novecentos e trinta e cinco (1935)*, às (NC) horas, no povoado de (NC), filha de ***MANOEL LICHTHART*** e ***ISAURA MARIA LICHTHART***, natural esta de Icó, PB, e aquele de Catolé dos Lichthart, PB.
Declarante: (NC — nada consta). O referido é verdade.

____

Assinatura (NC — nada consta)

O homem antigo parecia ler com atenção o pedaço de papel danificado pelo tempo, mas sua cara branca foi enrubescendo, como se ele já soubesse daquilo.

— Onde foi que encontraste isso, hein? — perguntou.

Ele é um tanto mais alto do que os homens da região, embora já meio curvado pelo peso da idade. Era um estranho para mim. Primeira vez que nos víamos pessoalmente. Continuei minha explicação, ignorando a pergunta:

— Os nomes do pai e da mãe dela, que constam na certidão de casamento dela com meu pai, único documento que conhecemos, repito, são outros, não são os Lichthart como aparece aí, são do primeiro casal que adotou minha mãe, ou seja, Antônio e Elvira do Nascimento. Trouxe também aqui comigo a certidão do casamento deles, se quiser ver.

Eu só conhecia Abel das narrativas de minha mãe, que também passara décadas distante daqueles aparentados, só os reencontrando havia alguns anos, e a quem ela fizera alegremente algumas visitas, sozinha, em viagens de ônibus até ali, vindo da cidade longe, lá do sul, onde ela vive hoje. Tirante isso, eles mesmos nunca se interessaram por procurá-la.

— Encontraste isso aonde? — Abel tornou a perguntar, devolvendo o documento. — Esse papel só pode ser de araque... — acrescentou. — Isso não vale nada. Meu pai e minha mãe adotivos não quiseram registrar tua mãe legalmente não... Adotaram ela também, mas só de ela viver na casa, com a gente, sem registro de filha em cartório. Isso aí só pode ter um erro...

Não comentei que a certidão tinha lacunas evidentes, como a ausência de número de matrícula e de livro de registro em que estaria lavrada, embora a caligrafia fosse clara e bem-feita, a tinta ainda firme naquele objeto de paleografia.

— Não sei se você entendeu o que eu disse... — continuei, na intenção de esclarecer bem o assunto. — Parece que alguém fez este documento em cartório e depois desistiu de completar o registro... Minha mãe, então, deveria ter o sobrenome Lichthart...

— Daqui, de meu pai, é que isso não saiu não... — Abel pontuou, incisivo, quase alterado. — Isso foi invenção de algum abiscoitado, um papel todo rasgado desses, coisa de gente abestalhada, do tempo do onça... Não vale de nada. E naquele tempo o povo nem registrava direito os filhos...

— Mas você deve saber que minha mãe tinha sido adotada por um outro casal antes dos Lichthart. A mulher do casal que primeiro adotou minha mãe, a tal Elvira Nascimento, tinha morrido. Foi então que ela foi doada a Manoel e Isaura Lichthart, que também tinham adotado você antes. Naquela ocasião, minha mãe tinha sete anos, e corria o ano de 1942. Você já estava na família Lichthart, certo? Isso minha mãe conta, que você foi adotado pouco tempo antes dela, que Isaura Lichthart não podia ter filhos.

Ele não confirmou, mas como disso eu tinha comprovação, a própria certidão oficial de Abel, documentada em cartório, em que constava a data em que os Lichthart o tinham registrado como filho, prossegui na minha explanação:

— Encontrei também, grampeado nesta certidão de minha mãe que você acaba de ler, encontrei um pedaço de papel escrito a caneta, com dados de minha mãe, como data de nascimento, nome de um lugar, Pocinhos de Campina, e uma frase dizendo "pais legítimos incógnitos".

— Pois é... Ninguém sabia direito de onde tua mãe veio não. Meu pai, Manoel, pegou ela para criar e ela vivia lá em casa, era só isso...

— E você sabe dizer por que registraram você como filho, você que também foi adotado, não é?, mas não registraram minha mãe? Você sabe dizer por quê?

Foi nesse momento que a mulher de Abel, Eva, sentada ao lado dele no sofá da sala um tanto escura, entrou na conversa:

— Olha, tua mãe sabe disso? Sabe que estás aqui por isso? Porque eu gosto muito da tua mãe. A gente foi amiga de juventude. O que é que está acontecendo aqui? Por que essa história agora, se nunca se falou nisso? O que tua mãe me disse, por telefone, foi que vinhas aqui numa viagem de trabalho ou estudo, não me recordo bem.

— Minha mãe não conhece esse documento, não sabe da existência dessa certidão em que consta o nome dela como sendo uma dos Lichthart. Nunca soube. Essa descoberta é minha, e de agora, num cartório de perto daqui. Outra certidão de nascimento de minha mãe nunca foi encontrada, a certidão em que deveria constar a identificação dos pais legítimos ou do primeiro casal que a adotou. Ainda estou fazendo essa minha pesquisa, mas duvido que encontre a certidão original... Só temos dela a certidão de casamento. Naquele tempo, como vocês sabem, depois que a pessoa se casava, a certidão de nascimento ficava retida nos cartórios. O único documento de identidade comprovado passava a ser a certidão de casamento. Mas, olha, quero deixar claro aqui que minha mãe nunca quis que a gente mexesse na história da vida, do passado dela... Ela não tem nada a ver com isso. A responsabilidade aqui é só minha.

— Vieste aqui só pra tratar disso, foi? — Eva insistiu. — Não sei pra quê, se aqui não tem nada da tua mãe...

— Vim aqui para uma pesquisa, de estudo meu, sobre a vida dos sertanejos pobres desse lugar nos anos de 1930 e 1940... — respondi, reforçando a mentira que minha mãe tinha contado a eles. — Por curiosidade é que procurei o sobrenome dos meus pais nos arquivos e fui descobrindo as coisas. Não conheci os Lichthart, o Manoel e a Isaura... Tive vontade de saber quem eram, como eram essas pessoas, como minha mãe viveu por aqui.

Só conheci meus avós de criação, o casal da igreja que ajudou muito minha mãe quando vocês se mudaram daqui para Timbó... Elizeu e Lourdes, que vocês também conhecem...

— Olha, saber como tua mãe era, como se vivia naquele tempo e como eram meus sogros, a gente pode até dizer a você... mas aqui não sobra nada além disso. Tua mãe nunca teve nada aqui. Foi-se embora pro sul, e nunca mais viu meu sogro. Casou-se e foi embora morar em Timbó... Só voltou aqui faz pouco tempo, para visitar a gente. Tua mãe é uma pessoa que todo mundo gosta dela — Eva concluiu, como quem encerra a conversa.

Ser "pesquisadora" é o meu disfarce aqui. Minha chegada provocou um zum-zum-zum entre a gente da região — filha de Laiane, que seria uma neta postiça do pastor Manoel Lichthart, mulher sozinha, num lugar que não é o dela, fazendo perguntas inesperadas, inadequadas, como quem quisesse "assanhar uma casa de maribondos", conforme palavras que Abel usou.

Tenho recebido acusações pesadas de todos os lados, daqui e de lá, principalmente de pai e mãe, que não concordam que eu tenha vindo investigar incógnitas do nosso passado, coisa que provoca neles dor e vergonha, coisa que tratam como uma estripulia da minha parte, como se eu ainda fosse a menina magra, de cambitos finos e gaga, que precisa mesmo é de correção.

— Você é muito é abusada... Vieste mesmo querendo assanhar mais ainda essa casa de maribondo, menina?! — Abel exaltou-se.

Ora, menina!

Quanto à família, tentei convencê-los de que logo vamos todos morrer, Abel, eles (pai, mãe, irmãos) e eu — eu que, aliás, devia ter morrido aos sete anos de idade... Eu que, aliás, estou contabilizando as últimas páginas da minha vida neste relatório, a ser concluído no ano-teto do meu nascimento. Morreremos todos, como morreram tias postiças, avós, sem deixar fontes, registros, apontamentos sobre nada, já que não perguntei a eles, já que me calei quando poderia ter insistido, questionado e sabido. Tentei convencer os vivos de que, antes que tudo desapareça, é preciso aproveitar as últimas informações sobre nós, sobre a trajetória de nossa calamidade, sobre este crime de biografia praticado contra minha mãe, contra o nome de meu pai.

Ao voltar de Houston, encontrei com meus pais na cidade onde vivem há tempos, longe daqui, para onde imigraram sem nada, uma mão na frente e outra atrás, na intenção de melhorar de vida, carregando com eles os seis filhos pequenos. Contei a eles este meu plano de vir para cá esclarecer todos os fatos obscuros, procurar onde foi lavrado o nome deles, em que livro, de que cartório de registro civil, em que certidão de nascimento que eles nunca mais viram — e por que tipo de omissão deixaram incompletos seus sobrenomes. Acrescentei que ações trabalhistas poderiam ser abertas, a despeito do tempo que passou, e que, portanto, quando chegasse em Regalado, eu procuraria documentos sobre o trabalho de meu pai nas fábricas da família Lundvotorim. Opuseram-se dramaticamente à minha ideia — meu pai, por vergonha de se confrontar com as frustrações pessoais de sua vida, com seus sonhos não realizados, com seu aleijão e sua doença; minha mãe, porque isso faz com que sofra tanto que ela prefere o esquecimento.

— Você está com a gota-serena? — meu pai perguntou, ele que se expressa por meio de xingamentos, palavrões e muxoxos de irritação. — Nem pense em procurar aquela gente. Não quero contato com ninguém daquele lugar. — Desde que foi viver nas grandes cidades do sul, meu pai amaldiçoa o interior, os recantos que lembram sua vida de privação e injustiça.

— Não sei quem botou essa caraminhola na tua cabeça, menina! — minha mãe explodiu, inconformada com minha decisão de vir. — Eu não quero revirar isso não... e tem Abel e Eva, que são como irmãos meus. Isso não tem remédio, coisa passada e enterrada.

Não me deixei afetar pelas objeções deles. E sigo aqui há meses empenhada nesta tarefa que impus a mim mesma, a contragosto de todos, de descobrir o que prejudicou a transferência da riqueza familiar que seria de minha mãe, da qual deveríamos ser herdeiros declarados, as propriedades de Abel, as terras, as plantações. Minha busca, de documental e física, de genealógica, de biológica-ancestral com pretensões a científica — embora nada tenha sido sequer digitalizado até hoje, embora pouca informação exista —, minha busca está quase no ponto de coisa concreta e ativa: o olho por olho, o dente por dente.

Vim de carro até aqui. Aluguei esta pequena casa longe de tudo. Não quero ninguém me olhando. Estou a grandes distâncias de centros urbanos, nesta vastidão seca. Comprei o melhor carro que pude, caro, possante e confortável, para a longa viagem até esta hinterlândia. É que, desde Houston e suas largas *freeways* onde eu me perdia, suas vias expressas de alta velocidade, suas autoestradas livres e desimpedidas, aprimorei meu idiossincrático gosto por carros bons, capricho de gente rica, que não caberia a mim, por princípio. Mas Houston me influenciou, porque é toda tão tecnologia de ponta, toda industrial, energética, geotérmica. Houston, automotiva e aeroespacial como é, movida a óleo combustível, a avanços de medicina e robótica, a customização de inteligências artificiais, projeta uma imagem de futuro incalculável, impensável... Houston é quase imortal.

Gastei no carro dinheiro que não tenho (vim, aliás, com dinheiro contado, apostando que posso obter aqui tudo aquilo a que tenho direito, porque pertenceria a meu pai van Waerdenburch e a minha mãe Lichthart). Vim de carro, numa viagem arriscada. Sou uma mulher da cidade, hoje em dia, embora não tenha nascido naquele meio. Estou faz alguns meses vivendo nesta casa de cumeeira, de duas águas, habitação simples, com alpendre na frente, e toda rodeada por uma cerca trançada no modelo faxina, com varas de catingueira e marmeleiro, numa arquitetura engenhosa e original, que ainda se vê por aqui, como se via nos tempos antigos. Tem um terreiro na frente e outro na parte de trás, esta casa que aluguei e montei à imagem e semelhança da casa dos meus avós de criação em Timbó, eles que ajudaram minha mãe a abrigar e alimentar seis filhos. São meus avós postiços, quer dizer, não são sequer aqueles que seriam meus avós adotivos. Na nossa nanobiografia, tudo é incerto, invisível, não identificado e sem procedência comprovada, como num conto de ficção.

Aqui, entretanto, nesta jornada até o ano de meu nascimento, vou tornando concreto o que sobrevive ainda na minha lembrança e na memória de aparentados e conhecidos que me deram testemunhos fidedignos, incontestáveis. Escolhi esta casa porque tem uma cacimba no quintal de trás, igual à do terreiro da casa dos meus avós de criação em Timbó, um poço fundo, revestido de tijolos antigos, cobertos por um limo escorregadio. Ali, eu, menina, me inclinava levemente para baixo, apoiada na boca da cacimba, para me mirar na lâmina de água escura e bamba lá embaixo, o abismo, só para sentir aquela sensação mista, de ousadia e medo, uma vertigem rápida, da qual eu logo fugia, correndo para longe. Que mistério morava no fundo daquele poço? E se eu caísse lá dentro e sumisse para sempre? Então recuava, morta de medo de mim mesma, dos meus pensamentos sinistros, eu que deveria ter morrido aos sete anos de idade.

Escolhi estrategicamente esta casa, nesta localidade, também porque daqui se alcançam sinais de satélite, consigo conexão e acesso a tecnologias que me conectam com o resto do mundo caso eu queira, quando queira, e como quis e precisei para esta minha sondagem genealógica que também inclui esses meus avós de criação (que tudo nosso é eventual, ilegítimo, adotivo), numa espécie de página anterior ao zero, de um número real quase imaginário. Antes de vir, rasguei meu último mapa em papel. Fui com tudo para o digital, lancei drones de verificação dos terrenos e das propriedades dos Lichthart, encomendei ortofotocartas (e, nisso, foi Álvaro que me ajudou — embora minha comunicação com ele continue silenciada a maior parte do tempo).

— Posso encomendar para você um aerolevantamento — ele sugeriu, num momento de quase entusiasmo por isso que ele acha uma insensatez quixotesca da minha parte. — Dá para fazer uma ortofotocarta do terreno, com muita precisão, um mapa digital que corrige deformações do relevo, por exemplo, que a fotografia aérea não pega com exatidão, entendeu? Melhor prova documental que isso não existe...

Esse foi um dos momentos de animação de Álvaro com minha viagem, ele que me considera uma pessoa obsoleta, com fixação em questões de família, metida no que ele chama de um aventurismo memorialista. Em Houston, ele vive absorvido por frios sistemas de programação computacional, pelo aprendizado de máquinas cujos sistemas de inteligência ele vai alimentando com grande volume de dados e treinando como se ensinasse uma criança a andar. Ele se ocupa apenas de sua virilidade criativa, nutrindo sem querer uma espécie de desdém por todo o resto.

— Mas o que você ainda está fazendo aí nesse buraco? — ele me perguntou por mensagem outro dia. — Isso é até arriscado. Não sei como você não tem medo.

Ele deve ter alguma preocupação genuína com minha segurança. Mas eu não tenho medo. Estou aqui nesta espécie de cinturão bíblico onde minha mãe cresceu acreditando no deus e na bíblia dos protestantes. Eles aqui se lembram de minha mãe, têm respeito pela "filha do pastor Manoel Lichthart", homem rígido, fiel aos evangelhos que pregava. Dos mais idosos até gente de minha idade, todos se referem assim a Laiane, minha mãe.

Aceitei as ortofotocartas de Álvaro e encomendei o lançamento de drones de verificação das propriedades de Abel. Fiz todo um levantamento daquilo que deveria pertencer também a minha mãe. Recolhi comprovantes de todo tipo, porque preciso de provas para embasar minha declaração de inteiro teor, qual seja: a de que descobri aqui um crime de biografia, a manipulação interesseira do sobrenome de minha mãe, o trambique de algum vigarista. Minha declaração de inteiro teor é aquela que vai provar que sou herdeira incerta e não sabida porque minha mãe assim é considerada, porque lhe deram uma rasteira bem dada, passaram-lhe a perna, na mulher sozinha e sem origem. Enfrento aqui os labirintos da mentira burocrática, da fraude forjada, dos tempos de não sei quando. Pesquiso em arquivos mortos, em fragmentos de textos de difícil leitura, deteriorados, lavrados em garranchos de grafia indecifrável, empoeirados, perdidos em caixas de arquivos de outras eras.

Vasculho cartórios procurando rastros do nome de meus pais, tentando compor a árvore genealógica à qual, ao final de tudo, certamente faltará o casal fundador consanguíneo, faltará tronco nobiliárquico, faltarão ramificações conhecidas, omitidas à força, adulteradas para eliminar personagens (minha mãe, meu pai) que pudessem manchar o prestígio da linhagem, a nobreza do nome, a pureza do sangue, ou requerer o dinheiro e a riqueza.

Procurei por topônimos que localizassem a passagem de minha mãe por este alto sertão em lombo de cavalo, de jegue e de burro, na companhia do padrasto Lichthart — e isso ela conta com felicidade sobre aqueles raros momentos de alegria de sua juventude quando, segundo ela, acompanhava o homem em longas cavalgadas pelo sertão, pernoitando no aconchego de sítios e fazendas de conhecidos —, indo de Catolé dos Lichthart para Pocinhos de Campina, do alto sertão para o agreste, de Cacimba de Areia para outras tantas paragens de cujos nomes ela não se recorda bem. Busquei por geônimos que indicassem as andanças do meu avô e meu pai por todo tipo de rio, regato ou açude que marcasse povoações e sítios. Percorri linhas de trem, refiz os mapas, os traçados, localizei serras, rincões remotos, estradas e trilhas, estudei tudo. Eu vim aqui apenas para saber por que não. Por que não isso? Por que não aquilo?

Pesquisei sobrenomes de outros eventuais aparentados além dos Lichthart, uns Nascimento, uns Paiva… Achei uns Lichthart no município de Rio Seco, um Simplício, um Sizenando. Sei que minha mãe também andou pelas redondezas daquele município. No dia em que entrei num vilarejo ali perto, acontecia nas ruas a feira da semana, feira do sertão, cheia de gente indo e vindo, tudo quanto é produto amontoado em lonas e tábuas pelo chão, um movimento que reproduzia tão de perto a cena de meus avós, de meus pais nos dramáticos anos de 1930, uma coisa tão viva que parecia um registro-fonte daqueles que procuro em acervos e não encontro. Aquilo me deu uma agonia, uma vontade de soltar um grito (grito primal, que seja, qualquer urro de fera):

— Quem foi, afinal? Quem, em sã consciência, naqueles anos de fome dramática dos flagelados de 1930, escreveu naquele fragmento de certidão, em caligrafia cartorária, os dados de minha mãe e não registrou? Quem fez aquilo? Por quê? Por que isso?

Abel não responde essa pergunta. Diz que não sabe. Por isso vim providenciar testes de ancestralidade, procurar vestígios, entrelaçamentos de consanguinidade, de descendência direta, ou mesmo de ilegitimidade (pouco me importa). No caso de minha mãe, procuro a memória de um sobrenome, uma identidade que tiraram dela, num percurso sem história, numa história nunca registrada, a narrativa de nossa inexistência, de nossa invisibilidade.

Em outra conversa com Abel, insisti:

— Abel, eu sei que a mulher que adotou vocês, a Isaura Lichthart, não gostava de minha mãe. Você sabe disso, não sabe? Não seria por isso que não fizeram registro de filha para ela? Minha mãe sempre conta que era maltratada por Isaura.

— Olha, a bem dizer, tua mãe era quase como uma ajudante lá em casa, uma menina que ajudava no serviço doméstico, era praticamente uma empregada... mesmo que meu pai tratasse ela como filha, andasse com ela em viagens pelo interior, e que ela tenha ido com a gente morar uns tempos em Campina e Timbó, mesmo que tenha botado ela na escola de primeiras letras... Todo mundo sabia que ela não era filha registrada do pastor Manoel Lichthart.

É por isso que minha mãe prefere o esquecimento de seu passado, por essa memória de humilhação, por não suportar, no fundo, o tamanho dessa injustiça. Não quer saber. Mas eu não posso fraquejar ante a dor dela. Resolvi prosseguir, e consegui até agora preencher algumas lacunas — lacunas é o que não me falta na aflição desta busca — com dados de grupos de parentesco de prováveis ancestrais nossos. Minha preocupação foi levantar informações acerca de datas de nascimentos, casamentos ou óbitos, mesmo que em documentos sem nenhum rigor na preservação, cheios de anotações contraditórias e falhas, de um tempo sem fiscalização nem técnica, tempo de abandono e isolamento da gente pobre deste lugar. Não sei como meus avós sobreviveram à fome anterior à fome dos meus pais. E não sei como meus pais sobreviveram aos anos deprimentes de 1930, em que nasceram e cresceram na penúria.

Na primeira página de número negativo deste relatório que já venho preparando, estão meus avós, os de criação e um único legítimo — este último, avô paterno, em carne e osso, chamado Malaquias. Quase tudo o que se refere a meus avós na minha apuração está marcado como NC (nada consta). Mas ainda consto eu, que guardo a memória deles como procedência que há de não se perder no anonimato dos papéis falsos ou destruídos — dos meus avós, não se encontram nem mesmo seus nomes em arquivos ou livros de registro oficial. Mas ainda consto eu aqui, para atestar a existência deles, mesmo que, conforme apontam dados científicos, nossa imaginação possa infiltrar-se a tal ponto na memória que muitas de nossas lembranças já não são puramente nossas: são apenas memórias coletivas.

Ora, meu avô paterno e legítimo, Malaquias, foi tangedor de gado no tempo dos engenhos de açúcar. Ele é da época dos cabriolés de chifre (tão antigo este avô, que é como se não tivesse existido, é bem verdade, como se fosse uma invenção da antiguidade tardia, mas existiu, e dele eu não me esqueço. Existiu, tanto quanto há mais de dez mil ou milhões de anos andava gente por aqui e havia neste lugar um mar salgado e de ondas). E quem, em sã consciência, cujo avô foi filho de escravizados, se esqueceria dele? Tenho este avô aqui comigo até hoje, ele que era grande apreciador e conhecedor de pássaros. Aprendeu com meu bisavô, seu pai, preto escravizado que trabalhou no eito e que, para distrair a cabeça e aguentar a labuta sob chicotada e sol ardente — isso Malaquias contava —, prestava atenção no voo e no canto das aves enquanto trabalhava, até saber qual cantava o quê e descobrir o nome de todas elas.

Então, assim, de pássaro em pássaro, de voo em voo, de geração em geração, ainda bem, foi com Malaquias, na infância, que aprendi o pouco que eu sabia sobre o canto deles, aprendizado que tento reacender aqui neste lugar onde me acompanham uma cancã, um curió, um concriz, que meu avô chamava de "sofrê". "Escuta este aí, escuta", ele dizia, apurando o ouvido, "é o sofrê, que vive se matando de cantar, porque ele imita o cantar de outros passarinhos..." Um dia ele me mostrou o concriz num galho de algaroba, a cor do alaranjado forte e do preto da penugem se destacando feito desenho na copa da árvore.

Mas aqui, neste recanto quieto, aqui o canto dos pássaros soa triste, como um chamamento de saudade, um reclamo... coisa que me afunda numa melancolia sem cura. Para não falar do elenco de pássaros de mau agouro que seu Malaquias conhecia: entre outros, a coruja e o acauã, este cujo canto indicava a chegada de um viajante ou de uma visita de gente estranha. "É um acauã... Vai ter forasteiro", ele completava. "É sinal que vem por aí um forasteiro."

Deste meu avô paterno, só sei que nasceu em 1899, aqui nos confins da Paraíba. Ele vagou muitos períodos da vida por esta região onde estou, fugindo de secas, seminômade, passando fome, vivendo de comer raiz de umbuzeiro e coco-catolé pelas matas. Talvez eu saia hoje... percorra lugares por onde ele andou, arrastando pelo chão duro destes sertões suas alpercatas de couro, sem eira nem beira. Vou sair, ir ao encontro de não sei quem que tenha ouvido falar de meu avô Malaquias.

Quando Álvaro lança lá de Houston suas críticas a minha vida, a esta minha intentona sem propósito, segundo ele — quando ele fala como se fosse um ser feito de plástico, como se fosse um mineral, uma rocha sedimentada na insensibilidade, na imortalidade —, quando ele me recomenda o desapego, a libertação disso e daquilo, respondo com esta pergunta:

— Você conheceu meu avô? Então, se não conheceu, também não me conhece. Não tem o que dizer de mim. Não sei por que você ainda insiste em falar comigo.

É que a pessoa vai atravessando a vida e conhecendo gente nova, amizades, amores, gente que nunca viu nem saberá quem são seu pai e sua mãe, gente que não tem ideia de quem foram seus avós. Quer dizer, gente que só conhece de você uma face, e para quem a sua outra face será sempre como a banda escura da Lua.

— O lado oculto da Lua já foi alcançado, já está em análise, se você não sabe... — Álvaro responde, como se a informação fosse somente dele, como se eu só tivesse conhecimentos insignificantes.

— Sei muito bem — respondi. — Estou falando do hemisfério da Lua que ninguém nunca viu ou avistou aqui da Terra. Não estou falando de missões espaciais. É do lado escuro, afastado, que não se vê deste pedaço de chão aqui, nem daí, nem da Nasa!

Álvaro quis continuar a conversa, melhor dizendo, continuar sua explicação, como se fosse um professor, um astrônomo, um astrofísico: se eu tinha visto a reentrada atmosférica da cápsula chinesa que trouxera as primeiras amostras colhidas na face oculta da Lua; se eu assistira ao vídeo do pouso na região da Mongólia Interior. Parei nesta informação (perguntei-me, com algum desinteresse, onde ficaria a Mongólia Interior) e encerrei a ligação.

Na página de número real antes do zero, a primeira página do relatório que começo aqui a elaborar, como uma herdeira não sabida, disfarçada de pesquisadora, mas, em verdade, procuradora constituída de uma causa, nesta primeira página também consta meu avô materno postiço, Elizeu — o avô de criação, único com quem convivi mais tempo e de quem recebemos algum carinho espontâneo, legítimo. Esse meu avô fumava cachimbo e mascava fumo de rolo, acocorado no terreiro dos fundos da casa, como um indígena. Ele era de ascendência caeté e morava num lugar com este nome, Caetés, em Timbó, para as bandas do litoral de Pernambuco. É para lá que vou, na segunda etapa deste meu inquérito.

Elizeu rasgava pedacinhos da pele do fumo de rolo e seguia mastigando por muito tempo, mantendo aquilo na boca até cuspir tudo completamente mastigado, como se tivesse mascado um chiclete. Pois eu ficava observando aquela cena dele, acocorada do mesmo modo, diante daquele velho de pele escura, cabelo liso caindo-lhe pela testa sem nenhum sinal de calvície, curiosa para saber que gosto tinha aquela ruminação. Quando não era isso, era ele sentado numa pedra do terreiro fumando o cachimbo, num ritual que incluía socar o tabaco no fornilho com um graveto que ele quebrava dum pé de planta qualquer, acender com um palito de fósforo e dar puxadas curtas e depois baforadas soltando a fumaça em nuvem. E então espaçando entre puxadas curtas e mais longas.

Ele e minha avó de criação, Lourdes, moravam numa casa de taipa, construção baixa, de paredes de armação de varas, cobertas de barro mas rebocadas com uma massa branca irregular, cobertura de telha-vã antiga e cheia de frestas. O fogão a lenha chiava muito tempo cozinhando feijão e carne verde, a fumaça pretejando as paredes do cômodo abafado e subindo pela chaminé de lata, formando espirais para o alto, lá fora. A casa tinha cacimba no terreiro dos fundos, onde, menina, eu ia pegar água com um balde de madeira preso a uma corda comprida na boca do poço. Jogava o balde lá dentro, afundava o recipiente e enchia até um ponto em que eu suportasse o peso, daí puxava a corda para fora. A água, que parecia escura e misteriosa lá embaixo, surgia, porém, na lâmina do balde, surpreendentemente límpida, transparente como qualquer outra. A casa dos meus avós era toda limpa, que ninguém da família morava em chiqueiro não, apesar da pobreza, minha avó dizia, varrendo os terreiros toda tardinha. Lourdes era de ascendência kariri, do sertão paraibano, cabelo muito liso enrolado em cocó no alto da cabeça. Era para Timbó, para aquela casa deles, que minha mãe levava os seis filhos a passar curtas temporadas quando não tinha o que nos dar de comer na cidade. Elizeu e Lourdes plantavam mandioca, milho, feijão de corda e legumes no pequeno pedaço de terra nos fundos da casa, onde também cajueiro, jambeiro, mangueiras e outras frutíferas serviam com sua sombra aquela nossa família adotada.

Isso aconteceu faz tanto tempo que é quase irreal, história de eras mortas, enterrada no apagamento dos registros, inexistente. Pois é para reconstituir a presença daqueles meus avós, para mantê-los existindo, antes que tudo desapareça, que decorei à moda deles esta casa onde agora estou vivendo: na cozinha, um alguidar de barro, uma moringa grande para armazenar água, urupemas penduradas na parede, o fogão a lenha repousando lá num canto da cozinha, muito parecido com o da velha Lourdes. Assim tento aplacar minha melancolia momentânea, a falta que me fazem eles ainda hoje, a ausência que sobrevive na lembrança dos sabores de jambo e manga.

Com o tempo, a imagem dos avós vai se envolvendo numa névoa, que deles não tenho nenhum armazenamento em nuvem, tenho apenas esta memória da minha imaginação. Mas como aqui consto eu, e antes que eles desapareçam, antes que não passem de um borrão na minha lembrança chorosa, na minha saudade, na minha consciência culpada, faço com que ressurjam para sempre neste inventário que também os inclui, ainda que não tenha encontrado o nome deles em nenhum arquivo. Procurei página por página no amarelão dos livros, folha por folha, nos títulos, nas datas e nomes de lugares. Revi dezenas de fotografias que não me indicaram pista nenhuma.

Procurei de novo por Abel, escondendo minha vontade de chorar, minha aflição e fraqueza. Mas toda vez que procuro o homem para uma conversa honesta sobre a vida de minha mãe, ele desconversa, com seu palavreado antigo, e terminamos numa arenga, num bafafá em que entro armada de argumentos e provas, mas saio mofina, quase deprimida, quase bambeando no meu objetivo final.

Insisti em que ele me dissesse por que minha mãe foi enjeitada, por que era tão indesejável e maltratada pela madrasta, Isaura Lichthart.

— Abel, minha mãe conta que teve uma bronquite aos dezesseis anos e quase morreu. Você lembra disso? Ela disse que orava, sozinha num quarto, sem o socorro de ninguém que a ajudasse. Ela me disse que prometeu a Deus que seria para sempre fiel a ele se saísse curada daquela doença. Contou também que d. Isaura não queria convivência com ela. Daí que ela se refugiava com frequência na casa dos meus avós de criação quando eles ainda viviam aqui.

— O que eu sei é que minha mãe era enfezada mesmo com muita gente... mulher enganjenta... mas ela aceitou tua mãe aqui em casa... E tua mãe chegou como retirante da seca, vestindo farrapos... e teve do bom e do melhor aqui, que esse era o desejo de meu pai, que ela fosse bem tratada.

— Tenho certeza de que minha mãe teria vivido com menos sacrifício se tivesse recebido a mesma herança que você, Abel... Você nem imagina as dificuldades que ela teve que enfrentar na vida para criar os seis filhos. Ela tinha direito de...

Abel interrompeu bruscamente:

— Mas você tem o topete de vir aqui pedir o que é meu, possuído e registrado? Vamos e venhamos, tua mãe sabe muito bem que não tem nada dela aqui! Oxente! Ora, *vôte*!

— Acho que você não está entendendo, Abel... Essa minha descoberta, de uma certidão de nascimento de minha mãe como filha dos Lichthart, é muito grave, e pode significar que minha mãe deveria ser herdeira também, tanto quanto você, herdeira de tudo aqui...

— Você faça o que quiser... Bote advogado, juiz, pinte o caneco. Mas isso aqui é só meu de direito, propriedade minha, de minha mulher e meus filhos... E você tome tenência, que aqui não é a cidade não. Aqui o pau pode ferver. Aqui ninguém esculhamba o que é meu não... — O velho ameaçou, a cara avermelhada, os olhos aboticados, todo nervoso.

A mulher dele se meteu de novo, mordida de raiva:

— Mas que danação é essa, hein? Só faltava isso aqui! Uma pessoa querer dizer que essa terra e essa casa não é da gente! Só faltava essa! Pois eu vou falar com tua mãe, vou perguntar...

Desta vez, interrompi eu, com dureza:

— Vim aqui na paz, não aceito ameaça de ninguém. Não estou acusando ninguém de nada. Falem com quem quiserem. Mas eu vou até o fim para descobrir a história dessa certidão. E tem mais: eu não tenho medo de ninguém, isso aqui não é a cidade, mas também não é terra sem lei não. E façam o favor de respeitar minha mãe.

Algum medo certamente eu tenho, mulher sozinha, herdeira incerta e não sabida, vista às vezes como "vadia dando de andarilha, solta na buraqueira", em palavras de alerta do meu pai. Mas eu me fio no respeito que ainda têm aqui por minha mãe, e no estatuto de vítima, que adotei para mim mesma, como fez o país europeu que criou em lei um "Estatuto da Vítima", para manter a vítima protegida todo o tempo em casos jurídicos, proibindo-se a divulgação de qualquer dado relativo a sua identidade ou que possam facilitar sua identificação. Durante todo o processo, nenhuma das testemunhas, advogados ou juízes pode referir-se à vítima pelo nome! Ora, esta sou eu! Sem nome, isolada e vítima. Seu Ninguém! (Proibido pronunciar meu nome de vítima!) Sou ninguém. Sou indígena isolado — não se sabe de mim, onde vivo, como vivo, por que vivo, que língua falo; não se conhece o vocabulário que coleciono desde menina, para usar quando, como, onde e com quem eu quiser. Não devo nada ao mundo, eles é que me devem.

Mas nesta condição de mulher sozinha, sei que preciso a todo momento andar à espreita e atenta, para me defender da malvadeza deste mundo em que também eu, ah, sim, também eu sou muito má quando quero, beligerante, semiárida. Então, como sei o quanto há de fantasia no medo, "este rápido perseguidor", não deixo que esse sentimento me dobre as forças, como diz a frase de um escritor meu preferido: "O medo, esse rápido perseguidor, dobrava-lhe as forças. [...] Sentia não sei que abalo muito parecido com o medo; era a desconfiança que nos faz supor que de dia, até nos desertos, estão fitos em nós olhos perscrutadores".

Por isso, ao tom de ameaça de Abel, respondi:

— Não estamos em 1930, tempo de bandoleiros e justiceiros amoitados por aí. Não contratei capanga, como se diz aqui, para tirar satisfações e executar vinganças. Também não fiz catimbó não, trabalho encomendado, nada disso. Tenho direito de conhecer a história de minha família, de minha mãe. É isso o que me interessa.

Por isso mesmo não passei para ninguém minha atual localização — nem em tempo real nem no imaginário virtual.

Só me fio mesmo no calvinismo de minha mãe, no deus dela, na lembrança de amizade e na consideração que a gente deste lugar, deste Três Estradas remoto, ainda tem por ela. Aqui, de boca em boca, ainda se fala da "querida Laiane, filha do pastor". Se eu quiser, posso já ir tratando dos trâmites de herança, como se numa operação de planejamento sucessório postergado. Posso muito bem. Estou em plena montagem dos arquivos, nos quais estão identificados todos os bens dos Lichthart, de acordo com dados de cartórios, inclusive de registros de imóveis, de compra e venda de terras, cessão de herança e outras transações que envolvem membros desta família cujo sobrenome deveria ser também de minha mãe.

— Ora! — Abel exclamou, protestando mais uma vez. — Esta moça pensa que vai chegar aqui um Fulustreco dos Grudes qualquer e tomar o que é meu! Nem pense que vai, porque não vai. Ora, bolas! Só me faltava essa na vida.

Entretanto, minha apuração prossegue, sem que eu tenha dó de Abel nem de Álvaro nem de ninguém. Ao mundo não devo nada. Estou na etapa final do levantamento de partilha dos bens entre os herdeiros Lichthart, do balanço que fiz do valor de venda de propriedades (o venal e o de mercado), de doações feitas em vida. Vasculhei escrituras, medi via satélite extensões de terra, plantações de algodão e milho, partidos de cana e volume de rebanhos de gado. (Quero calcular, ao final, quanto minha mãe perdeu, o tamanho do patrimônio, o ganho de capital.) Se eu quiser, posso reclamar uma doação em vida para minha mãe. O que eu quero mesmo é a indenização por perdas e danos infligidos a ela, pelo crime contra sua biografia. Quero que ditem um testamento ao tabelião, em que conste uma botija cheia de ouro, enterrada em algum lugar por aqui, o tesouro que pertenceria a minha mãe, como nas histórias de ficção.

Entretanto, parte de tudo já se sabe: é por se tratar de uma mulher. É, principalmente, ou antes de tudo, porque nas genealogias de família, em todas as que pesquisei, mulheres ocupam posição secundária, por omissão ou ocultamento proposital, poucas delas são relacionadas a propriedades ou negócios de família. No que se refere a ocupações, são "domésticas" as mulheres da pobreza dos anos de 1930 — ou morreram de parto. Muitas morreram de parto no século passado, e no anterior também. E como não há, no caso de minha mãe, anotação de dados da trajetória de sua vida, como ela não tem origem identificada ou sabida, e uma vez tendo chegado a este lugar como flagelada da seca, com marca de nascença no corpo, foi por isso que não lhe deram direito nenhum.

Rastreei casamentos das gerações anteriores e arrolei e classifiquei os homens, os patriarcas, os herdeiros, conforme suas profissões, ocupações, os cargos públicos ou políticos, busquei a correlação entre parentesco e poder, que o poder sempre esteve mesmo com eles, o dinheiro e a riqueza, com exceção dos sem origem, como meu pai e meu avô Malaquias. Montei composições genealógicas de famílias, catalogando descendentes diretos ou não, separando as mulheres em arquivos menores, dada a displicência e a inexatidão das informações acerca delas.

Parte de tudo já se sabe: que nas genealogias das sociedades baseadas em privilégios de famílias, as regras de sucessão ou transmissão de títulos, direitos e patrimônios requeriam o conhecimento claro da posição de cada membro nas linhagens para comprovar quem eram os verdadeiros herdeiros, para atestar a "pureza de sangue".

Mas quem, quem, em sã consciência, montou a história desse modo, no forjamento de fraudes e adulterações decorrentes de interesses econômicos ou nobiliárquicos? Quem manipulou o sobrenome de minha mãe, sua biografia, sua herança? O nome dela deveria ser Lichthart por parte dessa família de ascendência europeia, por parte de gente intrusa, que usurpou, que enriqueceu às custas de nossa ancestralidade rarefeita, apenas esboçada no correr da história dos livros e ofícios, dos registros não concluídos.

Neste percurso exploratório das raízes de minha mãe, descobri como se ocultaram fatos ou pessoas com o único intuito de obliterar a nobreza e o prestígio de uma linhagem, de dar legitimidade a um sobrenome, de realçar o prestígio e justificar o poder de um grupo familiar quando a herança está em jogo.

Minha mãe era indesejável, sua posição na sociedade era nenhuma, um traço, apenas um rabisco, um simples esboço de existência. Além disso, ela tem mancha de jenipapo no corpo, marca de mestiçagem, evocando ascendência muito modesta, não identificada, caeté, preta, contaminada, tudo menos a pura Lichthart. Talvez minha mãe seja uma simples homônima, Laiane do Nascimento, duplicada, quadruplicada em centenas de outras mulheres sem importância nascidas naquele funesto 1935 de fome e abandono.

Nesta investigação pela origem de meus pais, avós, bisavós, sou uma genealogista sem fontes, uma historiadora que não dispõe de fatos exatos, datas precisas, nada disso. E procedimentos científicos não se aplicam aqui, muito embora, e por sugestão de Álvaro, eu tenha colhido o DNA dos meus pais para um teste de ancestralidade, material a ser lançado em plataforma de banco de dados, a ser jogado a esmo na direção de eventuais amostras adicionais de DNA, de cruzamentos que identifiquem descendência direta, inclusive características genéticas, físicas, que possam demonstrar vínculos hereditários.

Minha pesquisa, então, de rudimentar, toda manual, toda presencial, armazenada inclusive em páginas impressas, toda concreta, olho por olho, dente por dente, ganhou ares de genealogia genética investigativa, por sugestão de Álvaro.

— A partir de amostras carregadas em certos bancos de dados — ele me disse —, já é possível desenvolver árvores genealógicas que levam à identificação de pessoas desconhecidas ou mortas. Eles combinam evidências de DNA e genealogia tradicional para encontrar essas conexões, entendeu?

— Sei — respondi, sem convicção. — Mas aqui estamos falando de gente de séculos passados. Que chances de encontrar o DNA deles em algum lugar? Nenhuma. Nem esses métodos existiam ou são acessíveis para qualquer um.

— É óbvio! Não exatamente o DNA deles, dos van Waerdenburch daqueles tempos, por exemplo. O que pode acontecer é que algum descendente dessas pessoas tenha feito esse mapeamento, inserido sua sequência genética num banco de dados. A análise genômica pode identificar parentes, como teu pai, que compartilhem sequências genéticas com a pessoa que fez o mapeamento.

Álvaro explicou ainda que a testagem consiste na extração e leitura da sequência de DNA em laboratório, para posterior inserção em banco de dados.

— Os dados colocados na plataforma são analisados por meio de algoritmos que já conseguem pontuar regiões onde a sequência genética foi detectada, apontar as raízes étnicas e ancestrais de uma pessoa como tua mãe, também por exemplo, que não conheceu parentes de sangue, e indicar parentesco a partir de uma árvore genealógica com pelo menos cinco gerações passadas.

Essa explanação de Álvaro parecia deixar tudo muito provável. A possibilidade da testagem científica trazia alguma esperança. Pensei comigo que, quem sabe, não surgirão daí uma irmã legítima, um irmão, um primo de minha mãe. Ainda aguardo os resultados, que deixei ao encargo de Álvaro me informar. Nesse quesito ele se sente em casa, em questões de ciência, de comprovação disso e daquilo. Nesse ponto, ele não demoniza minha viagem, já não trata esta minha apuração como algo apenas pitoresco, "quase ingênuo, não fosse mesmo inútil", ele diz.

"Cinco gerações passadas" — pois posso dizer que não encontrei ainda nem mesmo metade de uma, no surrealismo desta minha marcha. No sono tardio desta noite, sonhei primeiro que falava com Abel, na briga, no grito:

— Pois, fique sabendo, Abel, que eu não vou embora daqui com a cara mexendo não, sem resolver essa história que você sabe muito bem qual é. Nem se iluda não, entendeu?

Eu, na solidão do alpendre desta casa, minha vontade é soltar bem alto um grito que ecoe ao pé da serra baixa lá adiante (o tal grito, urro de presa acuada, de fera ferida): por que não? Por que não deram a eles o que era deles por direito de herança? Por que não isso e aquilo!? Por que não!?

O meu é, sim, um negócio de difícil execução e muita demora, o que vai contra meu modo de ser, eu que me movo em hipervelocidade neste mundo. Reuni todas as provas de que, deste sertão onde estou, passando pela mata seca e chegando até o mar, vários pedaços de terra poderiam ser meus. A duras penas, aprendi a esperar. Isso de provar quem se é, quem se foi, leva tempo e acarreta dores na coluna vertebral.

Aqui se desenvolve uma corrida contra o tempo, contra mim mesma, eu que deveria ter morrido aos sete anos de idade. Este, pode-se dizer, é um lugar dos tempos antiquíssimos, ar parado, calor extremo, mundo nunca demolido porque não havia o que derrubar, o que cair. Uma corrida, antes que tudo acabe, antes que eu me dane sem nem mesmo um registro, uma memória, uma justiça feita.

Passados agora mais de meia dúzia de meses desde que me embrenhei neste lugar, hoje me prometi encerrar tudo até o dia 30 de maio, suposta data de nascimento de minha mãe. Preciso seguir esse cronograma à risca, ou nada fará mais sentido, eis a minha corrida contra o tempo de mim mesma.

Neste trajeto, a maior agonia é atravessar o mês de março. Março é o mais longo dos meses, e fevereiro praticamente não existe. Março é quase como um ano inteiro, e talvez nunca acabe. Março é uma espécie de agosto, na longação... quer dizer, na longa duração de seus dias... (Por alguns segundos foi como se essas duas palavras, "longa" e "duração" não existissem separadamente no meu pensamento, surgiram juntas, soma das partes de uma e de outra, como uma única, "longação"... Por alguns segundos, posso jurar, tive esse lapso morfológico, delírio lexical, vacilo de gago... Então, peguei um papel e escrevi: "longação", para ver se o termo existia, concretamente. Entendi que não existe, e tive vergonha...) Ora, o que eu quis dizer foi "longa duração"! Tive vergonha porque o termo "longação" me pareceu uma deficiência linguística, uma afasia, um déficit cognitivo... Passei a desconfiar de mim mesma. Março é o mais duro dos meses, em sua estranha longação... Março é o mais cruel dos meses longos, ininterruptos... sem intervalos, sem feriados nem descanso, sem antes nem depois. Março é um agosto. Que os demônios acelerem fevereiro e me tirem de março, me joguem logo em abril...

E neste ano bissexto — de mau agouro, como diziam meus avós de criação —, eis que o inexistente fevereiro tem ainda um dia 29, para encompridar a história. Esse dia 29 é uma ficção que, acrescentado a fevereiro de quatro em quatro anos, constitui-se da soma das quatro vezes as seis horas que sobram dos 365 dias e tanto que constituem a contagem de um ano, tempo que a Terra leva para dar uma volta inteira ao redor do Sol. (Uma abstração, um delírio tão humano.) O 29 de fevereiro bissexto se deve a essa soma, esse resultado bizarro, esse tempo que sobra do movimento de translação anual da Terra. Ou seja: 6 + 6 + 6 + 6 = 24 horas = um dia = ao dia 29, que se acrescenta a fevereiro. Fevereiro, em ano bissexto como este, é um arredondamento das contas dos

365 dias e seis horas que totalizam um ano — essa fantasia que se chama o tempo que passa ou não passa. De modo que o período de um ano tem, na verdade, 365 dias e seis horas perdidas por aí, multiplicadas por quatro e adicionadas ao surreal mês de fevereiro como seu bissexto dia 29!

Poderia iniciar aqui a página zero, a primeira da minha vida, o antes de tudo. Já tenho material suficiente contra eles, já me municiei o bastante, sem segredo de justiça — que segredo de justiça é coisa para vagabundo se esconder dos crimes que cometeu, e com proteção dos poderes, do sistema constituído a favor de uns e contra os outros. Eu disse tudo na cara deles, e agora aguardamos as consequências da minha bravata chamada de quixotesca. Os resultados vão progressivamente fornecendo os subsídios para a elaboração deste relatório de provas que encaminharei a quem interessar possa, como matéria verossímil, atestatória de minhas ações judiciais.

No fim deste meu périplo, terei então alguma alegria (alguma antiga felicidade), como quando um ar de chuva penetra a atmosfera ressecada deste lugar. De repente, um aguaceiro desabará do céu coberto de cinza... Sim, sinceramente, quando chove aqui — neste altíssimo sertão —, dá uma vontade de alegria, como se a chuva fosse um largo sorriso que vem cumprimentar a todos. É mesmo inacreditável que o graveto esturricado vire repentinamente verde de folhas, e que os torrões de terra dura cheirem a húmus, a coisa molhada, a vida... Tenho saudade de minha mãe..., a quem vou telefonar logo mais, de quem quero ouvir a voz, ver a cara, contar das coisas que ela conhece e sabe — a trovoada, a chuva grossa umedecendo o chão duro de seco, levantando o ânimo dos bichos, da mata e da gente.

Quero estar aqui de novo no inverno, estação que as cigarras anunciam em coro, canto louco, ensurdecedor, dos machos agarrados aos troncos das árvores, tentando atrair as fêmeas.

Inverno é tempo de nuvens de tanajuras tocadas pelos ventos. Nas campinas dos vilarejos próximos, o povo corre, aos gritos de "tanajura, cai, cai, pela vida de teu pai!", urupemas nas mãos, apanhando as grandes formigas negras para comer com farinha. Vou ver, participar. Saudade de minha mãe, ela que nos acompanhava nessas pequenas alegrias de colher tanajuras nos invernos de nossa infância.

Este gosto por lugares distantes, como esta hinterlândia onde o diabo perdeu as botas, onde ninguém me encontra, herdei de minha mãe, sim, que meu passado é daqui mesmo. Se isto fosse uma história, seria uma ficção que reinventasse do nada a vida de minha mãe, que criasse e lavrasse registros e certidões hoje inexistentes, e que providenciasse para ela o que é seu de direito. Seria história escrita como delicado bordado que ela fazia, em tecido preso num bastidor circular, um aro em madeira de bambu, coisa antiga. Seria escrita-bordado das flores que ela imaginava, um sol nascente sobre casinhas felizes, de portas e janelas azuis, à beira do caminho. Seria ação lenta e arcaica, embora isso seja totalmente contra o meu modo de ser, eu que sou de outras paisagens, imagens e velocidades.

Entretanto, isto é um relatório real para reivindicação e recuperação de heranças, de terras e bens entre o alto sertão e o litoral onde nasci, eu que venho batendo mundos e fundos, percorrendo tantos outros lugares estranhos, da Cabeça do Cachorro a Houston e Amsterdam, como se não fosse eu, como se fosse outra pessoa. Sofri a influência de meu pai, e sou hoje um pouco do que ele desejou ser e não conseguiu, ele que não passou de soldado raso, fuzileiro naval dispensado depois do serviço obrigatório, ele que não alcançou patente nenhuma. Por essa influência bastante indireta das aspirações de meu pai — porque eu mesma nunca alimentei sonho nenhum —, fui viver uns tempos perto do porto de Houston e da produção do transporte aeroespacial, da exploração de outros planetas, de galáxias desconhecidas, coisa que meu pai jamais imaginou: ter uma filha em Houston, ele que queria mesmo era ter atuado no controle de missões de astronautas a bordo de aeronaves, ônibus e estações espaciais. Mas ele é de antes das tecnologias de ponta, é dos tempos em que levaram o homem à Lua. Ele nunca passou do projeto Apollo. (Meu pai é quase extinto, de uma idade qualquer do gelo ou do ferro.)

Entre as perguntas que ainda não fiz a meu pai, aliás, mantém-se esta: o que ele pensou da chegada do homem à Lua. Não lembro se a expressão na cara dele era de desconfiança ou assombro. Olhei para ele em dado momento, e estava todo concentrado naquele acontecimento excepcional, primeira alunissagem de um ser humano no satélite do suposto infinito, menina que eu era, toda a família parada diante do aparelho de televisão ainda em preto e branco (meu pai é tão antigo que dá dó). Quanto à minha passagem por Houston, fato incalculável, quase incompreensível para meu pai, ele demonstra um tanto de desdém e inveja calada.

Então, isto que não é Houston — este lugar e esta pessoa que hoje sou —, isto é a pura realidade, ou seja, isto é quase uma mentira, isto tem ares de ficção, porque é como se as coisas não tivessem acontecido de fato, tão antigas e rudimentares que são. Tão anteriores a tudo que aparecem como contagem negativa, traço, índice menor que zero na trajetória de nossas nanovidas. Mas sei que aconteceram, sim, tanto quanto há um infinito, tanto quanto assistimos ao homem pisando pela primeira vez na Lua, em passadas suaves e alegres, como quem estivesse pousando em uma nuvem de algodão-doce... Pois se até mesmo isso aconteceu!

Portanto, embora nenhum dos nomes de meus familiares conste do dicionário biográfico de pessoas célebres, gente de riqueza e de dinheiro, de armas e brasões de nobreza, gente que manda e desmanda desde séculos a perder de vista, aqui e além, embora praticamente sejamos mera ausência, meu pai, minha mãe, todos nós, no presente e no passado remoto, consto eu aqui para provar o contrário disso, para declarar, em inteiro teor, deferindo e atestando, quem somos e de onde viemos. Vou comunicar meus pais, telefonar logo, informar, contar a eles as boas e verdadeiras notícias, as surpreendentes descobertas desta minha marcha corsária.

Malformação

— Pai, onde você está?

— Mãe?

Não respondem. Faz dias que estou nessa peitica. Chamo e não respondem. Reprovam minha presença aqui, receberam chamadas, reclamações e queixas a meu respeito. Minha mãe estarreceu ao saber, por Abel, da existência da tal certidão de nascimento dela, cópia rota e inacabada, que encontrei aqui em arquivos de eras mortas, na qual constam como seus pais os Lichthart. Ela não acreditou, revoltou-se e me pediu para ir embora, voltar para minha casa, encerrar a busca.

Mas eu me recuso a interromper esta apuração que já logrou algumas descobertas importantes. Entre os testemunhos que colhi pelos arredores de Três Estradas, um me tocou acima de todos os demais: de que minha mãe "dormia numa caminha de capim" na casa dos Lichthart.

— Desde quando ela chegou aqui, menina, dormia numa caminha de capim. — Assim me contou a testemunha ocular, muito próxima de minha mãe naqueles tempos, o que me provocou um nó na garganta.

Novamente cresceu em mim um urro de indignação, um uivo de presa enfurecida: Ora, se minha mãe dormia numa caminha de capim, ela seria a menina-jesus? Ela seria Cristo, caramba?! A caminha ficava num estábulo, numa estrebaria? Era uma manjedoura?! Então, Jesus Cristo seria minha mãe?! Ora, para ela, eu posso muito bem reclamar um novíssimo testamento, é disso que se trata.

— Pai, cadê você?

— Mãe, por que não atende?

Esta é a maior das solidões — chamar pai e mãe e não obter respostas, o mundo todo envolvido de repente numa mortalha branca e fria. Eu só teria notícias boas para eles, neste momento. Nada contaria sobre a revelação da cama de capim, tão humilhante para minha mãe. No que se refere a meu pai, teria a dizer a ele que consegui dados incontestáveis sobre o regime de trabalho a que submetiam gente como ele nas fábricas de Regalado, gente vindo do nada, dos interiores onde eram recrutados naqueles tempos de guerra, de entreguerras, no mundo e aqui, as intentonas, as revoltas sufocadas, a indignação calada.

— Pai, olha, consegui um depoimento de tia Irene sobre o trabalho de vocês na fábrica de tecidos. Vou até Regalado depois daqui. O testemunho dela é peça-chave para a abertura de uma ação judicial. Encontrei várias informações sobre a Companhia de Tecidos Lundvotorim. Pai! Olha, por acaso eles te indenizaram naquelas fábricas? Pagaram tua asma, teu pigarro, teus dedos arrancados? Então!

Não respondeu. Estão lá, ouvidos moucos, ele e minha mãe, fazendo que me ignoram. É que eles ainda hoje se comportam como quem carrega o trauma dos sinistros anos de 1930 neste alto sertão, a marca da fome, o assujeitamento à cama de capim — eles tratam esse passado como uma malformação orgânica, uma vergonha dolorosa, sobre a qual silenciam, porque ficou num tempo sem cura, no longo antigamente de quando por aqui viveram.

Pois eu só teria para eles boas notícias hoje: que a nossa pobreza, a nossa anomalia, não tem nada de congênita, não é deformidade natural: foi adquirida, foi consequência mesmo do engodo, do apagamento forçado do nome deles, da condição degradante em que lhes coube sobreviver, da ganância argentária, da frieza calculada da gente de riqueza e poder, os coronéis, os patrões, os donos.

Aos treze anos de idade, meu pai abandonou estes interiores sofridos e se enfiou num trem para Regalado, apostando em arranjar trabalho na fábrica de tecidos. Corria o ano de 1945. Naquela época, à medida que crescia a produção da fábrica CTL, o coronel Lundvotorim mandava buscar mão de obra no interior de Pernambuco, Paraíba e em cidades próximas a Regalado. Assim consta, no depoimento de uma de minhas testemunhas: que, com a promessa de trabalho, casa para morar e comida, muitas famílias deixavam as terras onde nasceram, largavam tudo, suas raízes, e aceitavam a convocação na esperança de dias melhores.

De início, em Regalado, menino sozinho no mundo, Cristiano perambulou pela região, de Igarassu a Utinga, de Paratibe a Itapissuma, entre outros cantos, fazendo biscates de todo tipo, para não morrer de fome, dormindo em mucambos, taperas de taipa nos fundos da propriedade alheia, de patrões ou conhecidos, defecando em latrinas cavadas direto na terra.

Se isto pudesse ser escrito como história, já estaria por começar, na página inaugural de número zero, embora eu ainda esteja na fase de levantamento final e fichamento disto que não passa de coleta de dados (embora repleto de provas da usurpação criminosa). Portanto, este esboço, este rascunho em mata-borrão, ainda segue em número negativo de página, número real, não natural e de contagem regressiva: três, dois, um, zero, menos um (3, 2, 1, 0, -1) — sim, que um número negativo é como uma inexistência, uma ausência. De modo tal que, para isto que não passa de um relatório a que preciso dar toda a verossimilhança possível, toda a verdade, toda a prova auditável, para que ele tramite sem gerar dúvidas, para que seja comprovado meu requerimento, para que seja deferido e atestado como justo — para isto eu preciso inaugurar um número zero, e daí por diante.

— Ô pai, ô mãe...

Silêncio. Não entendem que minha ação seja radical — que é mesmo, ora, considerando que minha mãe nasceu no ano revolucionário de 1935, eu, ali, estaria armada no meio da revolta popular, beligerante, corsária, guerrilheira forjada no isolamento das selvas da Cabeça do Cachorro. Como não estive, sigo aqui na minha intentona fora de época, fora de século, neste meu propósito de esclarecimento e eventual vingança, que eles julgam uma aberração, uma malcriação de criança (queriam que eu vendesse o carro, inclusive, alegando que não sou rica para andar por aí num carro deste tipo, chamando a atenção). Ora, quanta teimosia!

Mandei mensagem, revoltada:

— Acontece, pai, que ao resto do mundo eu não devo nada. Eles é que me devem. Do mesmo modo como devem a você! E como te devem! Você sabe disso melhor do que eu.

Quanta teimosia. Tento não ofender meu pai, não tocar no cerne de suas tantas frustrações ao longo da vida. Ele sempre nos contou que é órfão bastardo por parte de mãe, mulher que era rica e morreu no momento mesmo em que ele nasceu. De resto, não sabe mais nada, nunca soube, porque seu pai, Malaquias, saiu fugido do lugar, acusado de ter engravidado a mulher de sobrenome van Waerdenburch.

Nos trechos deste relatório que tratam do meu pai, resultado da busca por sua genealogia perdida, na árvore genealógica dos van Waerdenburch, consta: 1. mãe legítima de ascendência holandesa, de nome Anna van Waerdenburch, morta no momento do parto, mulher branca de família preclara e rica; 2. nada consta (NC) registrado em cartório sobre o filho, fruto de relação clandestina da mulher com Malaquias, um preto foreiro, agregado, lavrador de plantações de algodão da família van Waerdenburch, descendente direto de ex-escravizado africano liberto; 3. a criança nascida não teve, portanto, sua filiação materna reconhecida, relegada a bastarda na vida; 4. os van Waerdenburch morreram alguns anos depois, de desgosto pela perda da filha única. O único parente que sobrou com aquela consanguinidade vendeu suas propriedades no semiárido e se mudou para algum lugar no sul do país, assim me contaram testemunhas oculares que ainda se lembram da trajetória de Malaquias por aquela região não muito longe daqui.

O nome completo de meu pai teria sido, então, Cristiano van Waerdenburch, como primeiro sobrenome, e só depois o sobrenome do pai, de Tal e Tal.... Ou seja, por parte do meu avô, Malaquias de Tal e Tal... Mas só registraram na certidão de nascimento dele Cristiano de Tal e Tal (apenas isso), que o nome que consta como sendo da mãe é o da madrasta, a mulher com quem Malaquias se casaria depois e teria mais sete filhos. Não encontrei até agora nenhuma certidão de nascimento de meu pai. Os dados que tenho constam da certidão de casamento dele com minha mãe. E só. Ele nada sabe também sobre a mãe legítima e morta no momento mesmo do nascimento daquele filho para sempre renegado. Nunca foi procurar, porque não quis se humilhar para ninguém, diz ele. Poucos anos depois de nascido, Cristiano foi levado por parentes até seu pai Malaquias, em terras longe dali, que o pai expressara o desejo de criar o filho perto dele.

— Pai, consegui alguma informação sobre o destino dos van Waerdenburch...

Novamente nenhuma resposta a minha mensagem.

— Pai!

Não responde. Não parece interessado em saber. Somente depois de muito adulta passei a tolerar a intransigência e a indiferença do meu pai, certa brutalidade daquele homem decepcionado com o próprio destino.

— Mãe, o papai não responde mesmo, não é? Nem você! Que inferno.

Estranho minha mãe não responder, não se manifestar ante minhas chamadas e mensagens, ela que tem o coração mole de mãe que considera os filhos como a coisa mais valiosa de sua vida, e que assim demonstra toda a indulgência, toda a tolerância, todo o perdão que filhos despertam.

Meu pai, por seu turno, foi homem bruto para nós, os filhos, na nossa infância. Quando viramos adultos, ele forçosamente se modificou. Mas a distância entre nós solidificou-se de algum modo: trazemos a memória do homem rude, que assim agia porque só conheceu essa conduta, a mesma que lhe dirigiram a vida toda, desde menino pastor de cabras. Bruto, ele costumava dar puxavantes nas nossas orelhas, sopapos e petelecos nas nossas cabeças, cascudos com a mão fechada, acertando a gente com as articulações dos dedos, coisa bastante dolorosa. Não bastasse isso, arrochava beliscões nos braços magrelos da gente. E xingava as pessoas de baiacu, marmota ou jaburu, entre outros nomes de bichos que ele transformava em palavrões pejorativos sem sentido para nós que nunca tínhamos conhecido bicho nenhum daqueles. Às vezes eu achava que ele era louco.

— Leseira! Fica bestando por aí, acabe logo com essa leseira! — ele me advertiu da última vez em que falamos por telefone, eu aqui, ele lá naquele sul onde ele vive desde que imigrou fugindo do desemprego, da penúria, e buscando realizar suas pequenas grandes ambições.

Meu pai queria ter herdado aquele sobrenome estrangeiro, eu sei que queria. Nunca mais falamos sobre isso. Esta é a genealogia da nossa deformação: um nome que nos foi omitido. Meu pai já nasceu acossado pela seca, no catastrófico ano de 1932. Já nasceu na desgraceira, sem mãe, andando por aqui de déu em déu, seguindo depois os passos do pai, o negro Malaquias, lavrador sem-terra nos tempos escassos das águas e de mão de obra ociosa em anos de estiagem severa, empregado na lida das frentes de trabalho contra a seca, ganhando unicamente o pão de cada dia para a penca de filhos e a mulher, pingando de suor na construção de açudes, estradas, pontes e ferrovias. Deste meu avô paterno, só sei que nasceu no século retrasado, nos 1800, nestes sertões da Paraíba.

Antigamente meu pai gostava de nos contar um tanto da história do velho Malaquias, desse meu único avô legítimo, que teria, ainda menino de oito anos de idade, se ocupado nas frentes de trabalho contra a seca, assentando trilhos para a Great Western. "Disso eu sei", meu pai contava, antigamente. "Teu avô Malaquias imitava o apito dos primeiros trens da Great Western que circularam pelo interior da Paraíba... Ele imitava direitinho canto de pássaro e apito de trem."

Meu pai fala de tempos muito antigos — "antigamente", palavra longa demais, na qual tudo cabe, como tudo coube —, de quando Malaquias era menino, os anos mortos de 1911, 1915: "Aqueles primeiros trens, que iam danados não-sei-pra-onde, transportavam fardos e mais fardos de algodão, que Malaquias não sabia que iam para o porto de Cabedelo, e dali pra outros cantos desconhecidos".

Eis que meu pai dava muita importância à Great Western, e enrolava a língua toda para nos contar que: "A empresa Great

Western Railroad Company of Brazil era inglesa, construiu as vias férreas por onde corriam os trens de carga, e os trens de passageiros também, e foi a Great Western que instalou um sistema de telégrafos por este interior todinho".

Cristiano, meu pai, gostava particularmente de contar a história da criação e expansão da rede telegráfica aqui destes interiores até Pernambuco: "Isso começou primeiro com a Great Western Brazilian Railway (GWBR), no século 19", ele detalhava, na sua pronúncia peculiar da língua estrangeira que desconhecia mas imitava, "e só depois como Companhia de Estradas de Ferro Conde d'Eu". Tudo isso ele aprendera no serviço militar obrigatório na Marinha, como fuzileiro naval telegrafista.

— Teu avô — meu pai continuava, com sua explicação de antigamente — tinha fascínio pelos trens, mas também tinha medo de ir embora em uma daquelas locomotivas para algum lugar melhor. Bem quando eu nasci, em 1932, teu avô dizia, a seca estava tão braba que o povo morto de sede e de fome ficava de vigia pra atacar e assaltar os trens de passageiros, na base de pedaços de pau e pedras. O povo não tinha a quem recorrer.

Consta que Malaquias nunca andou naqueles trens, que desde menino ouvia com receio a boataria de gente que tinha ido embora para as cidades do litoral naquele início de século dos 1900 e tinha sido presa em campos de concentração para retirantes fugidos da seca, mantidos entre cercas de arame farpado, recebendo pouca comida, adquirindo doenças de todo tipo na imundície do lugar, vigiados por soldados armados, feito prisioneiros. Meu avô morria de medo disso.

— Pai, cara, descobri que muito provavelmente meu bisavô, o pai de Malaquias, passou pela mesma situação na seca de 1877 ou 1879, se enfiando aqui pelas brenhas, fugindo do recrutamento para os campos de concentração de flagelados... Encontrei pedaços dessa história por aqui, em livros velhos e documentos de arquivos, você nem imagina...

Meu pai não me responde. Pois eu teria notícias sólidas para ele, verdadeiras, comprovações organizadas em pastas digitais classificadas por itens detalhados, diferentemente das caixas de papelão de arquivos de eras extintas, devorados por traças, que manuseei em cartórios e órgãos públicos na comarca a que pertence este cafarnaum onde estou.

Nesta minha verificação por pistas de minha ancestralidade, por amostras que identifiquem evidências de DNA consanguíneo, conexões com aparentados, eventuais primos e primas (nunca tivemos informação nenhuma sobre qualquer laço nosso com primos ou primas legítimos), levantei hipóteses de quem teriam sido um bisavô ou tataravô meu (somente os homens, pois que de mulheres nada consta, NC), com base em datas e nomes de um conjunto de documentos rarefeitos, esquecidos em prateleiras de uma instituição qualquer.

Cataloguei da seguinte forma um suposto bisavô, no arquivo definido como NC: "provavelmente chamado Sizenando de Tal e Tal, nas secas de 1872 e 1877 a 1879, era sertanejo atingido pela calamidade da fome, implorando de fazenda em fazenda por 'uma caridade, pelo amor de Deus', e que fugiu para estes sertões adentro evitando ser recrutado para o confinamento nos campos de concentração, montados nas cidades do litoral, e de onde as turbas de retirantes seriam deportadas de trem ou de navio para cantos mais distantes e desconhecidos, país afora, homens, mulheres, crianças e velhos, maltrapilhos, mendigos devorados pela desnutrição e pela sede, turbas 'que chegavam àqueles núcleos urbanos em busca de auxílio e alívio para suas existências castigadas...'", dizia um dos documentos institucionais da época. (Castigadas por quem?, pergunto eu.) "Era uma multidão de cegos, aleijados, órfãos e macróbios", descrevia-se no papel amarelado e roto.

Castigados por quem?, pergunto. Castigados por quem? Quem, em sã consciência, teria castigado minha mãe, abandonado, entregado a menina já flagelada numa porta qualquer deste saara, onde nada lhe deram além da cama de capim numa estrebaria? Quem?! — meu grito de indignação, meu choque, minha ira.

O caso é este: reclamar para minha mãe um novíssimo testamento.

— Pai, olha, isso que chamam de revolução, naqueles anos de 1930, você acha que deveria ter mesmo este nome? Pai, hein?! Você sabe de algum aparentado nosso que tenha lutado nas revoltas de antigamente, nas guerras de guerrilha? Estou pesquisando isso, que me despertaram todo o interesse aquelas rebeliões...

Nenhuma palavra ainda deste homem, meu pai, que só não se rebelou ele mesmo, engolindo em seco, suportando calado a submissão, o aviltamento das condições insalubres a que seria submetido nas fábricas de Regalado, a dispensa do serviço militar que tanto prezava — que só não se revoltou porque se sentia um ninguém, um bastardo a quem até mesmo um sobrenome foi negado.

Detalhei a trajetória profissional de Cristiano de Tal e Tal neste meu levantamento de dados, listando suas ocupações desde menino até homem-feito e sua atual velhice de aposentado e doente (quero provar sua injusta labuta, ele que nasceu na pura indigência e teria tido, pela herança do sobrenome holandês, caso não a tivessem roubado dele, uma série de vantagens e privilégios, cargos melhores, postos de comando, dignidade e saúde). Ocupações do bastardo Cristiano vida afora: 1. pastor de cabras; 2. lavrador foreiro sem-terra, junto com o pai; 3. vendedor de roletes de cana, cocada e doce em tabuleiro; 4. balaieiro vendedor de frutas, ovos e outros gêneros; 5. verdureiro ambulante de legumes e verduras (da macaxeira e do inhame ao coentro), mais conhecido, naquele tempo, como Cristiano Verdureiro, que percorria as ruas gritando alto: "Lá vem o verdureiro!", "Olha o verdureiro!", atraindo a clientela, os balaios pesados presos por cordéis às extremidades de um pau calão sobre os ombros, o suor escorrendo testa abaixo. Destes biscates Cristiano se ocupou dos treze aos dezessete anos, em Timbó, Pernambuco, quando se alistaria para servir como fuzileiro naval.

Ao ser dispensado a contragosto da Marinha, prosseguiu na busca por trabalho, atuando primeiro como mascate, mercador de tecidos, miudezas e joias — inclusive como colportor de livros religiosos, o que ia contra sua falta de crença, seu ateísmo. Essa peregrinação duraria pouco, não daria certo — meu pai terá sido o único mascate que eu conheço que não enriqueceu. Foi só então que conseguiu finalmente uma vaga de operário machadeiro e foguista na fábrica de tecidos CTL, beirando os vinte anos de idade, sete anos depois de ter largado o sertão para viver em Regalado. Pouco tempo depois, já casado e pai de uma filha, seria transferido para a Fábrica de Cimento Pauli, dado que perdera os dedos no acidente de trabalho cortando a lenha que alimentava as fornalhas da CTL. Na Pauli, aspirando o pó venenoso do calcário, na função de ensacador de cimento, adquiriu asma grave. Nunca recebeu indenização, nem pelo aleijão nem pela doença respiratória. Seu destino seguinte seria a capital, Imbiribeira, onde foi viver perto do porto e do aeroporto.

Cristiano tem pouco estudo formal, mas é autodidata esmerado. Aprendeu o ofício de carpinteiro somente na observação de um conhecido que exercia essa profissão. Foi radiotelegrafista, função que tinha no serviço militar como fuzileiro. Dali aprimorou-se sozinho na atividade de radioamador. Construiu seu próprio transceptor de código Morse, sua criptografia pessoal. Quantas vezes, crianças, adormecemos ao som da intermitência dos bips de seu transmissor manual, que se alongavam ou se encurtavam (dit-dah, dit-dah, dit-dah...), maquinário estranho, parecido com um brinquedo, e no qual não estávamos autorizados a mexer em nenhuma hipótese sem a presença dele. Sobre a base de madeira do objeto, de uns quinze centímetros de comprimento, assentavam-se dois rolamentos que sustentavam na horizontal um eixo de metal que apresentava, numa das extremidades, uma pequena manopla acionável para cima e para baixo, de tal modo a emitir os sons da comunicação "até com outros países", Cristiano dizia, quando éramos seus filhos ainda pequenos. Ele ligava aquela pequena parafernália à energia elétrica e ao rádio da casa, salvo engano meu (nunca mais falei com ele sobre isso). Atravessava madrugadas ajustando o aparelho, emitindo bips e mais bips indecifráveis, num ritmo quase musical: "Falo com o Japão, com a Holanda, com qualquer país que eu quiser", ele costumava arrogar-se, cheio de si.

Nunca mais conversei com ele sobre isso, sobre sua vida ultrapassada, sobre seu idioma universal quase extinto, seu vocabulário de espionagem em dit-dahs, dit-dahs, dit-dahs... seu esquisito sistema de sons que representavam "letras, números e sinais de pontuação em sequência de pontos, traços e espaços", ele explicava. Telegrafista! Que história morta. Meu pai é dos tempos mortos da telegrafia, dos tempos em que "mês" se escrevia com Z, "mez", dos tempos obsoletos das missões Apollo, da época morta da Great Western. Meu pai praticamente não existe. Ele é daquelas eras pelas quais ninguém se interessa mais, a não ser eu mesma.

— Eu falo com o Japão, com a África, falo com qualquer lugar do mundo, se quiser — ele informava, cheio de autoconfiança, e mostrava como se pedia um SOS em código Morse, querendo que os seis filhos pequenos entendessem e gravassem aquilo consigo, para um caso de necessidade de sobrevivência.

Meu pai é um universal regional, estrangeiro local de língua codificada desconhecida, criptografia de eras priscas.

— Ouçam bem — ele explicava —, isto é um SOS, um pedido de socorro, três sinais curtos, três longos, três curtos: ... --- ... (bipbipbip-biiiiip-biiiiip-biiiiip-bipbipbip). Entenderam? Vou repetir, escutem, três sinais curtos, três longos, três curtos: ... --- ...

Nós, crianças, nos entreolhávamos sem interesse naquilo, na ocupação daquele homem estranho e rudimentar, que dava àquela atividade grande importância.

— Um pedido de SOS é uma salvaguarda da vida humana, na terra, no mar e no ar, durante as emergências. Qualquer radioamador do outro lado vai entender o chamado, tomar providências.

Nossa! O que eu tenho mesmo é certa pena do meu pai — sinto dó, sentimento ruim, é bem verdade, que não consigo evitar.

— Mãe, pode falar com o papai por mim? Diga que atenda meus chamados.

Nada.

— Mãe!

Há dias não tenho notícias de minha mãe. Brigou comigo, respondeu às reclamações de Abel, às queixas da cunhada postiça, Eva. Não me quer aqui neste deserto, pontuou que eu deixasse tudo isso de lado e voltasse para casa. Mas sei que se chocou, intrigada, com minha descoberta de que seu nome já constou um dia como Lichthart.

Quanto a meu pai, cresce o meu sentimento de pena por ele desde muito antigamente, desde o dia em que ele chorou diante de nós, as filhas crianças. O homem malvado, o dono dos cascudos e puxavantes, contava como um dia, em sua infância, levou uma surra de Malaquias por ter se descuidado do pastoreio das cabras e perdido alguns animais no trajeto de volta para a fazenda do então patrão deles. Deveríamos, as filhas, ter tratado o choro do meu pai, naquela narrativa de sua vida de pastor de cabras, com ternura e compaixão? Ele com os olhos arrasados de lágrimas, e nós, as meninas, sem nenhuma comiseração, apenas com a sensação de grave surpresa ao ver pela primeira vez aquele homem bruto chorar. Suas lágrimas escorreram rosto abaixo e ele soluçou um minuto, dizendo que tinha sido menino maltratado pelo pai, que crescera sem mãe, uma mulher morta no próprio parto dele, de nome Anna van Waerdenburch, filiação nunca atribuída, negada desde seu nascimento. Cristiano chorou naquele episódio que não nos comoveu. Algumas de nós, pelo contrário, seguramos o riso. De minha parte, dei o goto, como dizia meu avô, e engoli em seco, assistindo à cena patética. Por acaso eu devia me solidarizar com aquilo? Ele era humano? Ele, então, tinha sido menino? Seria Cristiano o menino-jesus?

Meu pai foi "prático de telegrafia", como ele ainda gosta de dizer, radiotelegrafista — profissão ultrapassada (meu pai é tão antigo que dá dó). Era ele quem "lidava com as notícias certas, verdadeiras, notícias telegráficas...", costuma gabar-se até hoje.

Penso em mandar em código Morse, a mais obsoleta das criptografias, notícias de mim. Quem sabe assim ele vai responder.

— Pai, caramba! Veja isto, gravei aqui esta mensagem em áudio para vocês, reproduzindo o som das frases em código Morse, que converti por um aplicativo no computador (ação de que ele certamente vai desdenhar, repudiar como absurda, ele que despreza novas tecnologias que desvalorizem seu método, seu precioso transceptor de autodidata). Pode responder, por favor?

“.--. .- .. --..-- / --- -. -.. . / ...- --- -.-. / . ... - ..--.. (Pai, onde você está?)

“-- .- -. -.. . / . ... - . / .-. . -.-. .- -.. --- / .--. .- .-. .- / .- / -- .- -- . .-.- .- (Mande este recado para a mamãe)

“...- --- -.-. / . ... - / -.-. --- -. . -.-. - .- -.. --- --..-- / .--. .- .. ..--.. (Pai, você está conectado?)

“Pai, que droga!

“Mãe!

“Pai, SOCORRO: ... --- -.-. --- .-. .-. ---”

Nada de resposta. Não sei se ele está conectado, ou se vê mensagens no celular que lhe deram de presente e que ele manuseia com muita resistência. Denega computadores, aplicativos de mensagens e outras tecnologias de comunicação atuais.

— Código Morse dispensa computador, não precisa disso, é outra coisa, muito mais eficiente — ele costumava contestar até pouco tempo atrás, antes de adoecer. — Ainda nas guerras de hoje — completava —, muitos países trocam mensagens em código Morse para despistar o inimigo. Você não sabe de nada...

Cristiano passou a vida assim, dado a essa quase espionagem nas altas madrugadas, a códigos secretos de guerras, a siglas clandestinas de telegrafia ou CW, conforme explicava à plateia desinteressada de seus filhos pequenos. QRP, dizia ele naquela época, “é um código Q internacional, e ele significa que a pessoa do outro lado está perguntando se pode diminuir a potência na transmissão”. Era coisa de ondas de rádio, na clandestinidade de nossa infância paupérrima, naquele quarto escuro que ficava ao lado do nosso e onde ele passava horas inteiras transmitindo bips.

— Você sabe, pai, de algum parente ou aparentado nosso que tenha lutado em alguma revolução daqueles tempos? Ouviu falar, pelo menos? Alguém teria lutado? Pode me dizer se conhece alguma coisa sobre isso, que tenham te contado naqueles tempos? Alguém que tenha se revoltado, entendeu?, se insurgido contra a injustiça daquela miséria em que viviam?

Mandei essa mensagem, que ficou igualmente sem resposta. Não me conta, nunca quis tocar nesse assunto.

Meu pai redimia-se do fracasso de suas aspirações a patentes diversas — de tenente, comandante de navio, piloto de avião, capitão, brigadeiro de ar ou de mar, especialista em leitura de cartas náuticas e aeronáuticas —, redimia-se aprimorando dia após dia sua meticulosa coleção de miniaturas de aeronaves e navios. Uma das paredes da sala de nossa casa era decorada com flâmulas coloridas de companhias aéreas de vários países. Entretanto, Cristiano não passou de soldado raso, nunca chegou nem a cabo, nem a sargento, muito menos a cadete, como sonhava. Assentou praça e nunca foi promovido, nunca recebeu condecoração de nenhum tipo. Sofreu todas as privações, andou por aí faminto e sem recursos; sem linhagem, sem distinção, não teve patente de general nem de coronel. Foi dispensado depois do tempo obrigatório de serviço militar, vítima da proibição do reengajamento — queria muito ter continuado, ter feito carreira nas armas. Em verdade, precisava do soldo, e teria no quartel o que comer, uniforme para vestir, sapato para calçar, ele que tinha vindo do nada, ainda menino, e perambulava por aí, de déu em déu, à procura do que sobreviver, arrastando as mesmas alpercatas de couro de boi que Malaquias arrastava pelo sertão de onde o filho fugira.

O que ele ainda hoje alega para justificar o desejo de ter seguido carreira militar é uma inspiração: "A restauração da pátria, como fez Henrique Dias", figura que Cristiano encontrou num dicionário biográfico antigo e em livros sobre a Batalha dos Guararapes, nos tempos da ocupação holandesa, da qual Henrique Dias, soldado preto, comandante de batalhão de gente parda, sairia condecorado como herói.

Meu pai sempre foi admirador de guerras, embora não tenha lutado em nenhuma delas, sabe tudo sobre elas, da Batalha dos Guararapes à Guerra dos Mascates, passando pelas guerras mundiais até as revoluções e insurreições daqui mesmo, nos 1930, as intentonas fracassadas, as sublevações de tenentes que ele quis ser na vida. Quem sabe, é também como carma dele que me persegue este espírito guerrilheiro, beligerante.

Eu teria para meu pai uma boa notícia hoje: que nas minhas andanças e pesquisas em órgãos de todo tipo, prefeituras, arquivos públicos, cartórios, bibliotecas, instituições da antiga burocracia tão fraudulenta e dolosa, encontrei um provável tataravô paterno de mesmo sobrenome Tal e Tal. Sobre ele estava escrito: "Homem pardo, capitão de uma tal companhia militar do regimento dos homens pardos, que lutou e foi mártir de uma revolução" em... não-sei-quando, e tarará, tarará...

— Quem sabe Henrique Dias não é teu parente, pai?

Silêncio.

Cristiano guarda até hoje numa estante seu velho *Diccionário Biográphico*, assim grafado, de onde lia para nós antigamente o verbete sobre aquele militar, herói extinto que ele tanto admira, Henrique Dias:

> Homem de cor preta, mas claríssimo por suas ações, filho de africanos, liberto talvez, ou filho de liberto, tendo por descendentes os filhos escravizados das livres regiões africanas, Henrique Dias nasceu nos primeiros anos do século 17, sem dúvida na cabana da propriedade agrícola de algum rico colono, fora da capital, ou na senzala de algum engenho no meio dos escravizados compatriotas de seus pais. A sua vida começa, pode-se assim dizer, em 1633, quando sua pátria já por três anos gemia sob o jugo dos invasores holandeses, em cuja época abre-se o livro das suas epopeias, e começou a imortalizar o seu nome.

Contava-se ali também que o tal Henrique Dias se internava pelas matas capitaneando os homens pretos da sua falange para servir na guerra de Pernambuco, na Insurreição Pernambucana, "batendo-se à frente de oitenta pretos que então contava da sua companhia", e que "em satisfação ao honrado procedimento com que serviu na guerra, pelejando em muitas ocasiões como valente soldado", recebera o foro de fidalgo.

Ao final da leitura do verbete, Cristiano meu pai embargava a voz, escondendo um soluço: "Assim morreu esquecido e pobre, o homem que tanto contribuíra, que tanto trabalhara pela restauração de sua pátria, o ilustre Henrique Dias".

— Pai, cara! Pois eu sempre detestei a história desse Henrique Dias. Nunca entendi, desde menina, seu interesse pela história de um homem preto que recebeu patentes, sim, do capitão branco, do rei, mas que morreu pobre e esquecido!

Cristiano ignora esta minha fala.

— Pois é bom você saber, pai, que sua revolução sou eu, sua insurreição! A batalha sou eu que resolvi fazer, por tua indenização não paga, por nós, pela história de nossa inexistência, de nossa vaga genealogia, entende? Será que você me entende?

Mudo. Meu pai não aceita questionamentos desse tipo.

Meu pai não é holandês, "mas é como se fosse" (ele gosta de dizer, espalhando por aí essa mentira), e eu só conheci Amsterdam por minha conta, décadas depois que meu pai nasceu. Sim, eu estava em busca da minha origem estrangeira, que não se sabe onde foi parar, a outra, aquela ocultada, e não a conhecida, a que viera do reinado de Miragaia, a comum e vulgar "de Tal e Tal", aquela que impuseram ao escravizado negro Henrique "Dias". Essa não me interessa. Fui em busca do que teria sido a vida de Cristiano van Waerdenburch, cuja biografia é uma peripécia por vezes ridícula, ele que, por causa de suas pretensões à nobreza, mesmo pobre, ou por isso mesmo, cedia a certos caprichos, gastava o que não tinha, endividava-se. Às vezes, já vivendo no grande centro do sul, comprava joias a prazo. Passado um tempo, e de novo no desemprego frequente, empenhava as joias para fazer frente ao pagamento contratado e às despesas da família, para comer com os relógios, os anéis, os trancelins e as alianças de ouro ou prata que tinha comprado almejando grandeza, riqueza e fidalguice. Coitado do meu pai.

Cristiano de Tal e Tal registrou todos os seus seis filhos em cartórios da cidade maior, a capital à beira-mar onde foi viver, a Imbiribeira, depois das amargas experiências nas fábricas de Regalado. Mesmo que alguns dos filhos tenham nascido em vilarejos no cu do mundo, ele se recusou a registrá-los como naturais de arrabaldes remotos... Por exemplo: chamam o canto onde eu mesma nasci de "povoação", "localidade", porque não atinge sequer a categoria de "lugar" — é somente um ponto, distrito de nada, um arredor, povoação qualquer, uma malformação geográfica, uma deformidade de terreno invisível, a não ser por ortofotocartas, resultado de mal-andança e malversação de vidas. Mas meu pai me registrou em cartório como tendo nascido na cidade. Cristiano tem ainda hoje uma queda pela finesse e elegância de gente rica (coisa que só faz aumentar a pena que sinto dele). Quando os filhos eram pequenos, exigia deles limpeza e asseio militar: não queria ninguém maltrapilho dentro de casa, sujo de terra de quintal; não queria os filhos dele saindo para a rua malvestidos, "mal-amanhados, malacafentos feito esmoleres".

Nasceu meu pai em 1932, num povoado que até hoje não se sabe exatamente qual, um lugar que poderia inclusive ser outro — nasceu nas brenhas não muito longe daqui, mas em povoado cujo nome não se sabe direito, porque meu avô Malaquias preferiu esquecer, uma vez que saiu dali acuado, tocado feito bicho. Dizia que não existia mais o lugar, que tinham mudado o nome etc.

Pois eu só tenho para meu pai neste momento notícias boas — o avanço da minha investigação, o sucesso da coletânea de algumas provas, a descoberta de possíveis aparentados distantes, de sobrenome van Waerdenburch (quem sabe um primo, uma prima — vínculo consanguíneo que ninguém da nossa família jamais conheceu, nem ele, nem minha mãe, muito menos nós, os filhos). Quero contar a ele sobre os requerimentos e as declarações de inteiro teor que fiz. E que agora aguardo os resultados dos testes de DNA, do lançamento de seus dados e dos de minha mãe em plataformas de banco de dados de genealogia genética.

Mas como meu pai é despeitado, eu nem tentaria de novo tratar com ele sobre Houston e sobre por que, exatamente em Houston, tomei a decisão de estar aqui agora, remexendo nas origens dele e de minha mãe. Ele não aceita, no fundo, que tenha sido eu, e não ele, a viver em Houston, a conhecer aquele centro de construção de navios, de equipamentos petroleiros, aquele porto gigantesco onde ele ainda hoje talvez sonhasse ser comandante de navio que transportasse até ali os fardos de algodão plantado e colhido na dureza do sertão, no agreste, onde ele mesmo suou, menino, sob o sol ardente, onde suaram seu pai, seu avô, seu bisavô.

Meu pai é cientista amador autodidata. Só frequentou as escolas mínimas do sertão daqueles tempos, onde aprendeu a ler, escrever e fazer contas. Ele carrega no fundo esta amargura de não ter tido estudo suficiente para ir adiante em suas ambições — no que se refere a mim, ele oscila entre o desdém e o orgulho inconfesso da filha que tem. Quando voltei de Houston, quis conversar com ele sobre como se trata ali de temas elevados de astrofísica. Mas ele não quis muita conversa. Nada me perguntou sobre missões robóticas avançadas, sobre os vários programas com satélites e sondas de pesquisa espacial da Nasa, em vias de concretizar uma viagem tripulada até o planeta Marte.

Minha vontade é perguntar a ele hoje se já sabe que o lado escuro da Lua começa a ser explorado. Então, estou guardando comigo essa pergunta para o momento em que ele me responder: “Pai, você viu que a China mandou uma missão espacial para o lado oculto da Lua? O robô deles trouxe amostras de rochas daquele lado da Lua nunca explorado antes. Primeira alunissagem naquele hemisfério. Viu isso, caramba?!”.

— Pai, então, recebeu minha mensagem sobre o lado afastado da Lua? Você assistiu à reentrada atmosférica fervente da cápsula? Foi um pouso com paraquedas, na região da Mongólia Interior... Você sabe onde fica isso?

Depois, mandei a pergunta codificada em Morse novamente, gravei os sons em conversor digital pela internet e mandei:

“.--. .- .. --..-- / .-. . -.-. . -... . ..- / -- .. -. .... .- / -- . -. ... .- --. . -- / ... --- -... .-. . / --- / .-.. .- -.. --- / .- ..-. .- ... - .- -.. --- / -.. .- / .-.. ..- .- ..--.. (Pai, recebeu minha mensagem sobre o lado afastado da Lua?)

“Pai, parece que radioamadores, radioastrônomos, não sei, puderam monitorar alguma parte da trajetória da missão espacial, você soube? Você tentou, cara?”

Insisti, de novo em código Morse:

“...- --- -.-. / . ... - / -.-. --- -. . -.-. - .- -.. --- --..-- / .--. .- .. ..--..” (Pai, você está conectado?)

Ainda sem resposta.

“Pai, o orbitador lunar da Nasa, o Lunar Reconnaissance Orbiter (LRO), capturou imagens do módulo chinês da missão Chang’e-6 no lado oculto da Lua. Pena que eu não estava mais em Houston, não é? Hein, pai? Você olhou minha mensagem gravada no teu aparelho celular? Em código Morse, mandei em código Morse, cara.”

Gravei mensagem mais longa, irritada:

— Pai, custa responder, caramba? Por que você não se conecta a essa bosta desse teu aparelho antiquado, então?! Que raiva! [.--. .- .. --..-- / -.-. ..- ... - .- / .-. . ... .--. --- -. -.. . .-. --..-- / -.-. .- .-. .- -- -... .- ..--.. / .--. --- .-. / --.- ..- . / ...- --- -.-. . / -. --- / ... . / -.-. --- -. . -.-. - .- / .- / . ...- / -... --- ... - .- / -.. . ... / - ..- / .- .--. .- .-. . .-.. .... --- / .- -. - .. --.- ..- . - -.. --- ..--.. -.-.-- / --.- ..- . / .-. .- .. ...- .- -.-.--]

“Custava responder, se eu só estou querendo trocar uma ideia sobre o regolito e as rochas que os chineses trouxeram? Custava? Que droga. Só se minhas mensagens em Morse apresentarem erros... mas eu chequei. Estão totalmente corretas! Pro inferno, pai! Você está conectado ao teu transceptor obsoleto, é isso?”

Pensei em chamar Álvaro (meu pai tem certo respeito por ele, e minha mãe queria que eu me casasse com ele), pedir que fale com meus pais, que não respondem há dias. No entanto, desisti. Não quero saber de quem me critica. Não quero saber de ninguém que me causou decepções, equívocos ou arrependimentos: como quando se conhece uma pessoa, mantém-se com ela uma relação assentada no sexo apenas, em tesões variados e, passado um tempo, conclui-se que aquilo é uma merda. Pois, então, não suporto esses meus erros, desapareço, nunca mais quero saber dessas tais pessoas com quem andei por puro desejo irracional, de bicho que sou. Portanto, se eu falasse com essa gente hoje em dia, seria por código indecifrável, ruído de dit-dah-dit-dah-dit-dah... que doesse nos ouvidos deles e delas que passaram erroneamente por minha vida:

“-. --- / -- . / .--. .-. --- -.-. ..- .-. . -- .-.-.- / -. --- / .--. .-. --- -. ..- -. -.-. .. . -- / -- . ..- / -. --- -- . -.-.--” (Não me procurem. Não pronunciem meu nome!)

Muito embora eu tenha gostado verdadeiramente de Álvaro, muito embora admire nele até hoje a inteligência, e muito embora tenha tido atração por seu corpo, o mais branco que já vi na minha vida — que ele é loiro de ascendência saxã —, muito embora isso, prefiro o silêncio a suas exigências e cobranças. Falei com ele já faz algum tempo, quando então frisei:

— Só estou esperando, então, o resultado dos testes de DNA, certo, Álvaro? Sinceramente, não fale mais comigo sobre minha viagem pra cá, porque sinceramente eu não sei o que foi fazer aí em Houston uma pessoa como eu, cujas origens estão mesmo é aqui, neste deserto, neste fim de mundo, certo?

— Só para você saber — ele comentou, com outra de suas informações um tanto inúteis para meu flagrante desinteresse —, até mesmo o DNA dos baobás foi recentemente analisado... Conseguiram mapear a origem dessa árvore superantiga. E os cientistas concluíram que os baobás teriam surgido pela primeira vez em Madagascar, há vinte e um milhões de anos. E então as sementes delas foram posteriormente transportadas por correntes oceânicas para a Austrália e para a África.

Não falei com Álvaro sobre entrar em contato com meus pais, porque não estava com disposição para suas explanações de descobertas disso e daquilo. Recorri, então, a uma de minhas irmãs, e ela me posicionou sobre o descaso de nosso pai às minhas mensagens: “Ele disse que não quer falar com seu ninguém não”.

Seu Ninguém!

— Pois diga a ele que deveria falar, porque Seu Ninguém sou eu! Diga a ele que Seu Ninguém somos nós, é ele, inclusive! Que tudo nosso é eventual, ausente, invisível. Tudo nosso é nada.

Ora, se meu pai passou a vida toda levando rasteiras dos outros, doente dos pulmões e mutilado nos dedos, porque era confiado, metido a besta, sem ter os elementos de instrução necessária para saber quem era quem... assim é que foi enganado, ludibriado por gente esperta, de Ouricuri a Araripina, de

Timbó e Regalado à capital, Imbiribeira, e depois no sul, nas cidades grandes onde ele sonhou chegar e chegou, sem eira nem beira, e para quê? Para morrer pobre e esquecido, tal qual seu Henrique Dias?

Somente às vezes Cristiano ainda menciona o nome de uns aparentados que ele dizia, ressentido, que era gente rica, gente que o tinha ignorado, mas para quem ele não se humilhou, nem se humilharia. Ainda cita esses parentes ricos, gente na política, de sobrenome na oligarquia sertaneja, cheia de poder e falcatrua, gente que também lhe passou a perna, que lhe virou a cara.

— Pai, presta atenção que seu herói sou eu, que bato mundos e fundos, da Cabeça do Cachorro a Houston, beligerante, corsária como nas histórias do mar que você contava. Por isso é que estou aqui, entendeu? Não se engane, pai. Tenho descoberto coisa importante aqui. E eu teria para você muito boas notícias sobre tua indenização merecida. Mas você não responde!

Meus pais são quase ingênuos, foram grosseiramente humilhados nesta vida, expatriados sem nada, obrigados a imigrar na marra para outras paragens, terras frias e estranhas, marcados pelos sinais de nascença, a malformação: o jenipapo e a pobreza. Se tivessem nome de estrangeiro e cara de forasteiro, teriam recebido herança e cargos de gerência, de direção nas fábricas, teriam riqueza e luxo, dinheiro e saúde, filhos ajeitados na vida, toda uma ancestralidade nobiliárquica criada na fortuna herdada de geração em geração.

Metade do dia já se foi, graças aos demônios... Queria que o mundo acabasse hoje, logo, e estaria resolvido o problema. Queria falar com minha mãe... Mas não posso falar com ela mencionando demônios, o diabo a quatro, que isso ofende seu luteranismo.

Ela gostou de saber, quando eu vivia em Houston, que a cidade estava na região que lá chamam de "cinturão bíblico".

Contei a ela sobre uma placa na estrada que dizia: "Vá à igreja ou o diabo irá te pegar!" — e gargalhei ao telefone. Ela riu também, embora condenando meu deboche. Da última vez que nos falamos por aqui, pedi cópias de cartas antigas que ela guarda numa caixa. Mandou todo o material em fotografias que algum de meus irmãos fez o favor de tirar para ela. Mas não telefonou, nem respondeu às mensagens. Fiquei lendo as cartas antigas em busca de outras pistas, de nomes para os quais eu não tivesse atentado nas minhas andanças. Eram cartas endereçadas a minha mãe, Laiane, dos parentes postiços que ficaram no litoral quando nos mudamos para o sul do país. Nenhuma carta de Abel. Algumas de Eva, mais recentes.

Agradeci o envio das cartas em mensagem na qual eu também perguntei:

— Mãe, fiquei lendo as cartas... tão antigas, não é? Pois eu me senti como se estivesse morta, como se estivesse lendo de dentro do meu próprio túmulo.

Não respondeu. Não sei se entendeu o que eu disse.

Aconteceu de eu reviver nas cartas o diário de nossa calamidade, a história de nossa desgraça ano a ano, enviadas a minha mãe, a seu destino no sul, pelos aparentados, as tias postiças, os avós de criação, as amigas, todos muito preocupados e saudosos de nós.

— Mãe!

Nada. Nenhuma palavra sobre esses registros antigos em que constam endereços por onde passamos, ruas onde vivemos, números de casas perdidas num passado antiquíssimo.

— Mãe, você releu as cartas? Pois eu reli todas e tive uma profunda vontade de chorar...

Não me diz nada. Não gosta de tratar desses assuntos. Em carta de minha avó de criação, Lourdes, dos tempos em que se escreviam cartas à mão, no capricho da caligrafia, a tinta viva ainda das canetas de antigamente, há mais de meio século, um pedido direto: "Quando você quiser mandar algum dinheiro para mim, mande ou pelo correio ou então pelo Banco Econômico S/A, Av. Duque de Caxias, S/N".

— Mãe! Eu só queria saber se você se lembra se mandamos esse dinheiro. Que tristeza! Pela data na carta, eu não passava de uma menina. Claro que você não teria conseguido mandar! Pois se nada tínhamos para dar! Por acaso você conseguia mandar? É que esta carta me cortou o coração, entendeu? Me cortou o coração!

Sei que minha mãe sofre muito ainda com lembranças daquele tempo, com isso que trata como um defeito seu de nascença, a pobreza que acha ter transmitido também a seus filhos. Sei que ela deve ter chorado relendo aquelas cartas que chegaram para mim em modo fotográfico digital, tão diferente de tudo aquilo. Por isso ela não me responde.

Dias antes, perdi a paciência com ela:

— Mãe, por acaso alguém divulgou nossa fome, publicou em jornais, deu no rádio, saiu em plataformas de notícias? Não! Então, tua fome se deu em silêncio. A nossa também, pois eu vim aqui para denunciar, para exigir esclarecimentos e tomar providências.

— De uma vez por todas — escrevi em outra mensagem. — De uma vez por todas, mãe, eu já expliquei aí o motivo da minha vinda pra cá, desta minha averiguação, desta minha sondagem, entendeu? É para saber! Como soube da certidão com teu nome Lichthart, mas você nega, se recusa a reconhecer. Não entendo como você e meu pai não querem tratar disso, ouvir o que ando descobrindo por aqui. Não entendo.

Eu deveria ter morrido aos sete anos de idade porque foi quando pediram que minha mãe me doasse a uma família de posses, um casal vizinho e sem filhos, que tanto gostavam de mim, a mulher e o homem, e queriam ficar comigo, terminar de me criar. Mas minha mãe não me doou, manteve juntos os seis filhos, ainda que, aqui e ali, passando dias de fome — e disso eu me lembro como se fosse hoje. Minha mãe, portanto, não me doou! Esse é o grande marco da minha vida, de assombro e alegria.

Eu só teria para minha mãe hoje notícias boas: de que vou daqui para o litoral, seguir nesta verificação em que descobri o que seria dela, sobrenome e propriedade, partidos de plantação de cana, canaviais inteiros. E vou também requerer a indenização devida a meu pai nas fábricas de Regalado, na Mata Norte.

Entretanto, tantas perguntas sem resposta agora: perguntei muito pouco a minha mãe ao longo de nossas vidas até hoje, porque também eu não suporto, não aguento o sofrimento dela, já que não consigo ser o consolo, o conforto de que ela precisa. Quem sabe não serei, portanto, a correção da injustiça, a vingança adequada. E agora enfrento sozinha este silêncio duro, e me culpo às vezes com angústia. Devia ter gravado as falas de minha mãe quando das poucas vezes em que ela tratou desse passado. De muita coisa não lembro, nem tomei notas, não fiz registro, não armazenei em nuvem nenhuma. Devia ter anotado tudo, escrito tudo, documentado tudo tim-tim por tim-tim, todos os nomes de lugares, de gentes, todas as datas.

Agora sobro eu aqui neste vago do mundo como herdeira incerta e não sabida, sim, que o termo da lei é este: "herdeira incerta e não sabida". Pois que saibam, que fiquem sabendo! Daqui por diante, vão ter que saber. Vim preencher as falhas de minha memória, os brancos, as lacunas e ausências.

Mas a culpa nem é minha, digamos assim, é dela que tem dificuldade de falar sobre esses temas de seu passado falsificado — sobre o que lhe roubaram e seria seu por direito. Agora estou eu aqui em busca de pistas, de DNAs, de ancestralidades, de respostas... Devia ter feito isso muito tempo atrás. Só agora fui consultar os mapas, investigar localizações cujos nomes ressoam na minha memória em meio à falta de respostas.

Única coisa que sei: que sou tataraneta, bisneta e neta de lavradores foreiros, e filha de moradores de condição, locatários da casa alheia, operários como minha mãe, que trabalhou primeiro numa fábrica de sucos chamada Q Refresco logo que chegou à grande cidade do sul. Depois, passou a assistente de serviços gerais de cozinha, lavando grandes panelas e caldeirões na cozinha de um hospital onde trabalhou por vinte anos — ali mesmo progrediu um tanto que completou os estudos, fez curso de auxiliar de enfermagem e deixou a cozinha, indo para atividade mais leve, no mesmo estabelecimento.

Assim, no arquivo dedicado à trajetória de minha mãe na minha pesquisa, listei as ocupações que couberam a ela desde menina, filha ilegítima enjeitada, adotada informalmente pelo casal Lichthart quando tinha sete anos de idade: 1. empregada doméstica (aos sete anos); 2. professora avulsa de primeiras letras; 3. dona de casa (chamada doméstica, mãe de seis filhos); 4. costureira especializada em cobrir botões e cintos, em pregar ilhoses; 5. operária em fábrica de sucos; 6. auxiliar de lavagem de panelas e caldeirões em cozinha de hospital; 7. auxiliar de enfermagem.

Assim, também listei os ofícios que minha mãe gostaria de ter exercido, mas não conseguiu porque não lhe deram o que era seu por direito. Com a observação de "pais incógnitos" no arquivo identificado com duas grandes letras NC (nada consta), descrevi: 1. sabe-se que minha mãe não conseguiu ser normalista na sua época, professora formada e diplomada, como queria, porque só teve quatro anos de ensino formal neste sertão onde viveu; 2. dado seu talento e esforço pessoal, porém, foi professora de primeiras letras na juventude, ensinando o Á-BÊ-CÊ, o BÊ-A-BÁ a muito menino buchudo destas paragens remotas, embora isso não conste de registro nenhum documentado, e esteja salvo apenas na lembrança e no testemunho da gente da época; 3. queria ter sido uma comerciante… cobria botões, pregava ilhoses e forrava cintos para a freguesia do bairro, mas sonhava ser proprietária de uma pequena loja de miudezas, um armarinho, que teria sido feliz ali, na venda de carretéis e retroses de linha de costura e bordado, agulhas, alfinetes e colchetes, obtendo assim alguma autonomia; 4. tirou curso profissional de costureira, mas não gostava desse ofício, que exercia por necessidade, para cortar e costurar as roupas dos seis filhos, de modo que, já vivendo na Imbiribeira, ia ao centro comprar pedaços de fustão grosso e retalhos de chita com que confeccionava nossos vestidos e saias enfeitadas com sianinhas, mas de estampas miúdas, discretas, que era calvinista e recatada.

Ah, eu queria tanto que ela me respondesse hoje. Recorri a outra de minhas irmãs por notícias. Inaceitável que minha mãe não responda. "Disse que vai responder na semana que vem", minha irmã contou por mensagem.

Quem sabe não mando para ela recado em canto de pássaro, no ramerrão da maria-já-é-dia, ou gravo um hino de sua harpa cristã e envio por áudio — ora, é que minha mãe, na nossa meninice, cantava lindamente no coral da igreja, voz firme, muito afinada, coisa de capela, ela virando tão outra pessoa feliz que surpreendia, que lembrava a moça jovem cavalgando pelo alto sertão, tão feliz quanto um astronauta de primeira alunissagem, saltitante como quem pisava numa nuvem de algodão-doce.

— Mamãe, oi. Está por aí, por favor?

Então, vou enviar para ela a gravação do canto da passarinha vulgar: "maria, maria… maria, já é dia…", "maria, maria… maria, já é dia…".

— Mãe!

Acho que não ouviu. Eu não sei.

Então mandei o estribilho, o refrão de um de seus hinos preferidos da harpa tão cristã, a empostação de sua voz ainda ecoando em meus ouvidos, projetando-se cristalina no rumo dos céus das alegres aleluias:

Glória! Glória! Aleluia!
Glória! Glória! Aleluia!
Glória! Glória! Aleluia!
Vencendo vem Jesus!

Não sei se ouviu. Queria que ela soubesse que, na minha avaliação, na minha denúncia, na minha reclamação, o que ela merece é um novíssimo testamento em que a menina-jesus é ela, a quem devem a herança que reparasse sua nanobiografia e seu enorme sofrimento vida afora. Toda vez que tento falar com minha mãe ultimamente, sem conseguir resposta, tenho a sensação de estar vagando pelo espaço, como cápsula espacial que se desprendeu da nave-mãe orbitadora para retorno à Terra, mas que não encontrou lugar de aterrissagem, porque perdeu as coordenadas exatas do local onde isso deveria acontecer.

Devo pedir desculpas a minha mãe? Perdão por esta aventura minha, por isso que ela chama de uma invasão imprópria à história de seu passado? Ela ainda não aceita minha decisão de revolver este drama de família — mas confio em que, quando souber do resultado desta apuração, haverá de aprovar, um sorriso na cara, meio a contragosto, meio de satisfação pela ousadia da filha. Estão lá, ambos, pai e mãe, naquela espécie de ilhamento — o pai não responde por vergonha, a mãe é toda sofrimento. Devo me desculpar? Mas, e se eu conseguir para ela tudo o que ela deveria ter, seu pedaço de roça, seu armarinho, seu terreno de praia? E se eu obtiver para meu pai a reparação merecida, a trabalhista, física e moral-emocional?

Quanto ao processo que devo instaurar em nome de minha mãe, faço contas agora: somo, diminuo e multiplico, para saber quantos anos minha mãe tinha em cada data e lugar das minhas andanças por aqui, ela que carregou latas d'água na cabeça, nos primórdios dessa biografia irrelevante, sem datas exatas, sem precisão de nomes. Tento recuperar na memória os nomes de lugares que saíram da boca dela na meia dúzia de vezes em que falamos sobre isso, ela narrando com alegria e nostalgia aqueles momentos em que muito moça ia cavalgando com o pai adotivo por estas brenhas. São apenas nomes que ressoam como ecos na minha cabeça, vazios, sem trajeto geográfico definido, sem conteúdo conhecido: Montadas, Mumbuca, Farinha, Ingá, Oiticica, Sapé, Sumé etc.

Só sei do clima: semiárido quente, com temperaturas variando entre 20°C e 36°C. Só sei de indicações sem rota: de rios intermitentes, paisagem de gravetos perfurantes, chão de areia como fosse uma praia. Não sei o que dizer. Poderia ter sabido, perguntado a eles, gravado... No início dos anos de 1940, minha mãe deixou o lugar onde supostamente nasceu, Pocinhos de Campina, e foi doada (pela segunda vez) a um casal sem filhos, do alto sertão, que tinha por sobrenome Lichthart, Manoel e Isaura.

Calculei distância e tempo de trajetos, de um lugar para outro, de Pocinhos de Campina até o alto sertão: foi viagem de cerca de 250 quilômetros, dias e dias de caminhada na terra dura, ou em lombo de jegue e burro, passando sede e fome. Se isto fosse uma história, começaria com um esforço de localização geográfica: "Tudo isto ocorreu na mesorregião do sertão", onde também se encontram outros lugares por onde minha mãe andou: Gado Solto, Curral de Baixo, Riacho das Emas etc. Todos são lugares que soam como qualquer cariri longínquo, vazio, grandes extensões desabitadas, sem maiores referências registradas. A não ser quando se trata de Catolé dos Lichthart, que vem da época em que os lugares levavam o nome dos donos das terras.

Nas minhas andanças por aqui, percorri uma região constituída pelo agrupamento de nove municípios, entre eles Santo Antônio de Lagoa, Areias e Algodão de Jericó.

— Mãe, ô, mãe?

Perguntei sobre a serra alta que ela menciona quando trata das cavalgadas com o padrasto, a serra bonita, a serra isso e aquilo, de cujo nome não se lembra. Mas não respondeu também.

Igualmente não se recorda do nome de rios e riachos que atravessava no tempo das chuvas, o inverno. Às vezes cita localidades chamadas Almas, ou Canaã, de vagas lembranças. Nunca perguntei se conheceu Desterro ou outros povoados assim de nomes tristes: Cajueiro Arrancado, Rio Seco...

Mas minha mãe sabe que seu padrasto, Manoel Lichthart, tinha terras mais para além do sertão, mais para além de suas plantações de algodão. Diz que era num lugar chamado Oiticica, de terrenos verdejantes e extensos, cercado de matas vivas e ricas em pastagens, próprias para criação de gado. Manoel Lichthart, além de pastor luterano, era criador de gado, rico negociante.

Minha mãe é do êxodo, vida lascada, de gente em constante retirada. Sua origem é esta, de retirantes que saíam do interior perseguidos pelo infortúnio, vítimas do descaso e da ganância dos proprietários. "Imensas caravanas de retirantes se encontram por toda parte nos subúrbios da capital", lê-se em um dos documentos que encontrei. E segue a descrição: "Pede esmola um retirante que há quatro dias não come". Ou mesmo um lamento: "Ai, choram, são retirantes... andrajosos... mendicantes...".

Minha mãe nasceu no advento da revolução de 1930, época péssima para alguém nascer nos cafundós deste sertão de completo abandono, e no ano mesmo de uma inédita sublevação revolucionária, 1935, da qual eu mesma participaria caso me convocassem, me chamassem. Tenho hoje notícias promissoras para ela. Mas não posso tratar com minha mãe daquele testemunho que me deram, de que a ela somente coube de direito uma cama de capim... coisa de Cristo em manjedoura... Não posso dar a ela a minha conclusão, a minha opinião sobre isso: de que na realidade, na pura verdade, tratavam minha mãe, desde menina, como um animal de estrebaria. Não seria isso? Ora, quem, em sã consciência, resolveu tratar minha mãe como um animal? Quem teria castigado aquela menina enjeitada?, gritei, ao nada, o grito indo ecoar nas serras baixas mais além, na frieza dos lajedos. Quem, afinal?

— Mãe, naquele tempo em que se morria à míngua, de sede, de fome ou de parto, como você sobreviveu? Não sei como sobreviveram, você, o papai, meus avós. Como foi possível? Por isso mesmo estou aqui hoje, porque quero essa resposta. Ah, cara, preciso dessa resposta.

"E pare de me chamar de 'cara'", minha mãe diria, se respondesse, segurando o riso. Um dia perguntei se ela só sentiu dores e desgosto em todos os momentos de sua vida, da infância e da juventude à fase adulta e agora velha. "São as lapadas que a vida dá, que a gente vai levando...", respondeu. "Mas você foi feliz também, em algum momento?", insisti. "Fui, claro que fui, menina! Quando vocês eram pequenos, eu gostava muito daquele tempo...", ela comentou, um quê de nostalgia no tom de voz.

Pois eu sou capaz de qualquer coisa para falar com minha mãe logo — posso inventar uma língua qualquer, dizer que estou em transe religioso, recebendo o espírito do deus dela, como fazem os pastores de sua igreja no púlpito, durante o culto: gritam coisas sem sentido, agitam o corpo todo e caem no chão, como se numa convulsão, dizendo que estão se comunicando com deus em línguas desconhecidas, que receberam a graça da glossolalia, que o espírito santo do tal senhor manifestou-se neles, dando-lhes aquela capacidade de falar línguas estranhas, que se trata do espírito de deus falando por eles, confirmando, portanto, a sua sagrada presença!

— Mãe! Tem certeza de que você ainda acredita nisso? Mãe, por favor, não?!

Nada. E então recorri novamente a uma de minhas irmãs: "Mostre à mamãe estas frases, diga que também fui abençoada com o súbito dom da glossolalia, faça de conta, diga que, apesar de não ser batizada, por objeção de nosso pai, recebi este carisma sobrenatural da profecia, de visões e da interpretação de línguas. Diga que eu também sou iluminada, que este é o meu avivamento, como dizem seus pastores pentecostais, e que eu descobri que talvez ela mesma seja a menina-jesus. Mostre a ela, por favor, estas frases que lhe soarão desconexas, mas não fale em que línguas estão, nem traduza, que se trata simplesmente de língua do espírito santo, como nos xangôs, nos catimbós recebendo santo, coisa que a igreja dela sempre amaldiçoou como heresia. Segue a frase recebida — 'Eu queria muito falar com minha mãe hoje' —, em línguas alienígenas diversas:

— *Ik wilde vandaag heel graag met mijn moeder praten.*

— *Añetehápe añe'ẽse che sy ndive ko árape.*

— *Mo fe gaan lati ba iya mi soro loni.*"

Pronto. Se não quiserem falar comigo, providencio assim outros sistemas de comunicação para, quem sabe, me responderem: código Morse, glossolalia, canto de passarinha, canção de hinário cristão, uma fala qualquer dos diabos para me entenderem. (Como não dicionarizaram a nossa vida, então invento eu mesma um código, um vocabulário que organizo em coletânea de termos a que dou significado, em que classifico verbetes, defino gritos, urros, onomatopeias diversas.)

Soube que até mesmo as baleias cachalotes tiveram uma linguagem própria já identificada, segundo Álvaro. Posso adotar esse código animal, esse sistema de linguagem por pequenos cliques, tique-taques de frequência altíssima — que se propaga como um canto, uma música vinda das profundezas do mar.

— Utilizando inteligência artificial, pesquisadores conseguiram construir um alfabeto fonético de sons emitidos pelas cachalotes, não é incrível? — Álvaro comentou, instrutivo. — Eles conseguiram mostrar que existe uma lógica por trás das vocalizações desses animais, que os cientistas chamam de codas.

Então, "mamãe", eu diria, convocando minha mãe agora, antes que eu entre sozinha no alongamento, no prolongamento do mês de março: "Mamãe, até as baleias conversam, sabia? Já provaram. As baleias, que são muito maternais como você (sabia?), mergulham fundo nos oceanos em busca de comida para os filhotes, que ficam à espera delas na superfície da água. São muito pequenos para descer às profundezas. E lá de baixo as baleias mães mandam mensagens de todo tipo para seus filhotes, uma espécie de canto. Mamãe, então, por que não responde logo às minhas mensagens? Estou há dias nessa escuridão, nessa peitica!".

— Comprovou-se, a partir do estudo de uma variedade de codas, que a comunicação entre as baleias cachalotes, que possuem o maior cérebro do mundo animal, tem conteúdo informativo, significado, mais uma vez levando a crer que a comunicação complexa não é exclusividade nossa, dos seres humanos... Isso não é genial? — Álvaro concluiu, entusiasmado como sempre.

Eu, que só teria boas notícias para minha mãe, e porque quero vê-la feliz de novo, vou contar como fui de carro até a serra onde ela conta que esteve um dia com o padrasto Lichthart, no intervalo de uma longa viagem a Pernambuco, acompanhando um rebanho de gado que o homem tinha ido ali vender.

— Uma longa viagem, não é, mãe? Se hoje levei cinco horas de carro, imagino naqueles dias, a cavalo... levou dias? Você lembra quantos? Sete? Dez dias? Mãe, a serra onde te levaram em visita não é aquela que tem cavernas? Você tinha contado sobre as cavernas com inscrições rupestres nas paredes de pedra, desenhos de figuras de mãos, pés, pernas e bichos... em tinta colorida. Não foi isso? E também o solo de areia solta, por onde você disse que saltitou toda feliz, continua lá. Não foi isso? Então, aquela gente existia aqui, habitava este lugar há milhões de anos, os caçadores-coletores. Então!

Disse que vai responder só na próxima semana. Ora, por que a manzanza?, perguntei. Usei palavreado que ela entende, o mesmo de Abel, o mesmo do meu avô, que guardo na minha enorme cachola de baleia, minha memória antiga, meu passado obsoleto. Por que a manzanza para responder, mãe? Por que, se só tenho boas notícias, resultados, comprovações? Faz dias que estou aqui azaranzada, tentando contato com eles, pai e mãe.

Meu último recurso: escrever um texto longo para minha mãe, digitado no computador, e realçando depois, em cor verde-brilhante, em alto contraste, os trechos que quero frisar, destacar, para que ela preste toda a atenção no que vou dizer. Meus dedos digitam rapidamente, tentando acompanhar os movimentos abstratos e céleres do meu cérebro de baleia (nisso eu sou mesmo uma fera; eu sou uma bruta). Assim aprendi quando, nos meus treze anos de idade, minha mãe me matriculou num curso de datilografia. Sim, minha mãe não me doou a ninguém, pelo contrário, sacrificou-se, forçou ao máximo sua coluna vertebral na lavagem de caldeirões pesados numa cozinha de hospital, sentiu dores, sofreu na malformação óssea dos desnutridos, daqueles que padeceram de fome nas infâncias perdidas. Minha mãe sacrificou-se: e deu aos filhos mais do que jamais imaginou que conseguiria dar.

Por isso eu digito como quem datilografa, nesta minha ferramenta de transmissão manual — meu telégrafo, meu transceptor de Morse, meu aparelho de escrever à distância —, neste meu piano, meu acordeão, meu dedilhado, meu sopro. Sim, eu digito--datilografo numa rapidez de cachalote perseguindo um inimigo, um baleeiro de ataque, numa determinação de fera arpoada injustamente... asdfg, asdfg, asdfg, asdfg, asdfg... hjklç, hjklç, hjklç, hjklç... Eis minha outra língua desconhecida, minhas codas, minha graça recebida, minhas gravações na pedra, pintadas com sangue, minhas inscrições marcadas em tronco de baobá.

— Mamãe?!

Comecei cedo a datilografia, coisa de mais de meio século atrás. Sou muito antiga. Sou tão antiga que tenho pena de mim às vezes, como se eu fosse da Idade do Ferro ou da Pedra. Mas digito com a destreza e a velocidade do profissional perseverante, com a mesma ligeireza fina do pianista, do tecladista no acordeão. Eu sou uma fera... Sou uma verdadeira bruta, que vai deixando para trás um rastro de espuma e sangue na caça àqueles que me hostilizaram. Datilografo sem olhar para o teclado, concentrada apenas no meu pensamento se fazendo, se construindo, se abrindo como um buraco fundo na terra, para me acolher numa fuga... Só volto meu olhar para o teclado muito momentaneamente, para as teclas de acento, cuja posição meus dedos de antiga datilógrafa nunca conseguiram reter de fato: (´) agudo, (`) crase, (^) circunflexo, (~) til. Minhas falhas, minhas fraquezas, meus pontos fracos são esses, que incluem também o posicionamento dos símbolos, o cifrão ($), o asterisco (*), o "e" comercial (&) etc. Eu digito como uma máquina. Eu poderia ser uma máquina, mas minha escrita tem falhas assim, que carrego desde a menina gaga que fui.

— Mam... mãe... mã... mamãe... — eu menina gaga... chamando por minha mãe. Até conseguir emitir a palavra inteira, "mamãe!", vocábulo sem cortes, mas com vergonha, com vontade de chorar, lutando contra a disfluência, o defeito adquirido, contra o trauma formado não se sabe em que momento da minha curta vida de infância, eu que deveria ter morrido aos sete anos de idade.

— Mamãe! Mãe!

Um silêncio branco, de mortalha, de geleira que desabou, espalhando os blocos de gelo pela água, em inundação de fim de mundo. Esta é minha era do gelo, eu sozinha e anônima como ninguém.

Voltei à organização de minhas pastas digitais, delimitadas cronologicamente quanto ao número de gerações, partindo de um eventual casal fundador, ou de uma mãe fundadora. Separei documentos por anos ou conjunto de anos e/ou períodos significativos. Exemplo: década de 1930 = revolução, fome, era do rádio; 1929 = depressão americana; 1939 = meu pai tinha sete anos e minha mãe, quatro. Classifiquei ainda por sobrenomes que importam. Exemplo: sobrenomes omitidos e/ou roubados, como LICHTHART; VAN WAERDENBURCH.

No conteúdo desses arquivos, encontra-se a prova cabal de que ninguém vingou tanta injustiça, tanta omissão, tanta usurpação, nem o Estado nem o cangaço, nem a revolução nem a suposta ordem (quando Lampião morreu, em 1938, minha mãe tinha somente três anos). Ora, por que, então, não aceitam que minha ação seja radical? Pois é! E será!

Ora, eu queria que minha rebeldia fosse primitiva como a do cangaço. Não entendem que minha ação seja radical — que é mesmo, ora. Considerando que minha mãe nasceu no ano revolucionário de 1935, por que não deram a ela o que seria seu de direito? Alguém noticiou aquela nossa fome de origem? Transmitiram em código Morse para algum lugar? Tomaram providências? Por que o castigo? E quem, qual espírito santo ou santificado castigaria minha mãe? Meu grito é este, sim, hoje, meu urro de mulher criada no estoicismo e não satisfeita com o passado de privação que coube aos meus pais.

Esta é, pois, a minha intentona particular, a marcha que deflagrei sozinha. Fosse 1935 e eu estaria sublevada no Batalhão dos Caçadores, eu no comando. Teria promovido meu próprio levante. Minha frente ampla seria eu mesma, uma insurreição que retomasse o que seria nosso por direito de herança, de linhagem, de sobrenome por consanguinidade ou não, tanto faz, e pouco importa — o que seria por direito da massa proletária de onde vieram meus pais operários, trabalhadores a salário de fome, aleijados pela máquina devoradora de dedos, de colunas vertebrais e pulmões, eu que tenho a consciência de classe das grandes massas, sim. Sou da coluna que partiu de Caicó [que poderia ser também Piancó, ou Icó, Cuité ou Catolé — tudo é o mesmo Congo, o mesmo alto sertão de miséria antiga, dos desgraçados anos de 1930, do entreguerras e das rebeliões sufocadas, malogradas]. A eclosão é toda minha, o planejamento e a articulação deste movimento: que me tratem como quixotesca, subversiva, pouco importa, tenho a meu favor o elemento surpresa, sou opositora desde menina, quando, a pedido de minha mãe, fui aos vizinhos rogar, muito gaga, gaga e gaga, pelo empréstimo de uma "xi... xi... xi... xícara" de arroz e outra de feijão, que estava a família com fome naquele dia, o pai longe, demorando para voltar com proventos. Ora! Que me chamem de ilegal, louca! Não abro mão do meu efetivo, da minha falange formada por gente sem eira nem beira: ocupo aqui o meu posto, meu efetivo sou eu mesma, sou a mulher e o homem do meu próprio regimento, do meu próprio batalhão, sou o comando! Dane-se o resto.

Decidi mesmo por fazer um intervalo, interromper minha permanência aqui em Três Estradas, este cafarnaum bíblico onde minha mãe percorreu caminhos que vão de Jericó a Almas e Canaã. Vou ao litoral, primeiro a Timbó e Regalado, onde meus pais viveram até o nascimento de alguns dos seis filhos, vou atrás de partidos de cana e ruínas de fábricas. A certa altura de sua vida no sertão, meu pai deu no pé, caiu para o litoral, que não queria morrer plantando roça de coivara não, no eito, feito escravizado de plantação, que não voltaria a ser lavrador explorado por ninguém não. Bateu-se para as bandas da Mata Norte, ainda menino de treze anos, em busca de superação para os males de sua sede e sua fome recorrentes. Ali, encerrado a contragosto o serviço militar, continuaria em seu ciclo de submissão, cabendo a ele apenas o lugar de machadeiro fabril na indústria de tecidos e, depois, de operador de fornos ardentes na fábrica de cimento, aspirando o pó do calcário venenoso e branco, uma nuvem-mortalha que encobria tudo em volta. Por ali nasceriam alguns de seus seis filhos. Os demais, na cidade do litoral para onde decidiu mudar-se mais adiante — queria ser gente, virar piloto de avião, ficar rico. Com o passar do tempo, daria no pé novamente, ganharia o mundo do sul do país, correndo as sete partidas, arrastando consigo mulher e filhos, enfiado no ruge-ruge da metrópole fria, desconhecida.

Se isto fosse uma história, seria a composição fictícia da existência de meu pai, preenchidas todas as lacunas de seu ciclo de submissões nunca documentadas, sua vida de retiradas, migrações e imigrações e sonhos não realizados. E fosse isto a minha própria história, inaugurando uma página de número zero, do ano-teto do meu próprio nascimento, começaria com uma paisagem: "Então, esta é a mulher. E esta a paisagem que, pelo acaso de uma súbita vontade de rir que ela teve, não era Houston, a cidade mais rica em que já estivera, em sua vida de antes. Não era Houston! [e ela riu sozinha, ela que observava do alpendre o terreiro empoeirado da casa, todo rodeado por uma cerca de varas de marmeleiro entrelaçadas como arte, casa simples, alugada, trinta quilômetros longe do centro do vilarejo mais próximo, mas que tinha tecnologia instalada, disponível no meio daquele nada]". Se isto fosse uma história, começaria com "ela": "Hoje em dia ela era da cidade. Na cidade está Álvaro...". Mas isto é apenas a dura realidade, e é preciso afirmar e reafirmar em voz alta: esta sou eu, esta é minha imagem redimensionada.

Se isto fosse uma história, começaria com a correção do local de meu nascimento, na certidão lavrada em cartório: afinal, quem fez minha declaração de nascido vivo se nasci em casa? [Sou tão antiga quanto aqueles povos que nasciam em casa; nasci à beira do rio Cuieiras; a parteira amarrou mal o umbigo, que sangrou de noite, e eu quase morri. Uma tia me salvou, reatando o curativo. Mas e se eu tivesse morrido ali, logo após nascer? E se?]

Se isto fosse uma história, daria conta do enredo do meu nascimento: "Ela nasceu na beira do rio Cuieiras, na vila operária da fábrica de cimento em que seu pai era então operador de fornos escaldantes. Nasceu de parteira, em casa, como fazia a gente pobre daqueles tempos, naqueles lugares. Na madrugada do dia daquele seu nascimento, ela quase morreu, porque sangrou muito pelo umbigo mal amarrado. Uma tia foi que a salvou, fez novo curativo. Ela sobreviveu".

A minha certidão de inteiro teor, documento original, portanto, sou eu que faço: a transcrição fiel de todas as informações, contendo dados como quem compareceu para declarar o registro do nascimento, data, horário, signo, ascendente, conjunção e retrogradação de planetas naquele momento, nome das testemunhas, identificação completa dos pais, dos avós e bisavós, ascendência destes, procedência, naturalidade, datas, horas, profissão etc., tudo na íntegra, em novo livro de registro, digital e em cópia-papel.

Vou agora fazer um intervalo, seguir para a faixa úmida do litoral, cruzar o agreste, atravessar a zona da mata seca e dali desembocar na Imbiribeira, cidade-praia onde passaríamos a viver depois do meu nascimento, e onde ficamos até antes do êxodo final e definitivo. Os dados que coletarei por lá juntarei a estes já organizados aqui, como prova a ser exibida a Abel Lichthart em juízo, por uma questão de honra, e como documentos de comprovação que indenizem meu pai de sua doença e demonstrem seu verdadeiro nome. Vou de carro, esvoaçante como passarinha vulgar. Chegando ao mar, minha imagem redimensionada, aberta, assim estarei eu: nua, que não preciso nem de metade das roupas que costumava ter na minha vida de cidade anterior (Houston, ou qualquer outra), eu que me despojei de tudo. No mar, um reencontro com a mulher que conheci em Amsterdam, Betina, uma ternura outra, intimidade-vertigem, atração pelas profundezas, como quando eu me inclinava na boca da cacimba para sondar o mistério daquela água na escuridão, eu que sou mulher e homem de meu próprio regimento.

Minha imagem redimensionada: quando nos conhecemos, Betina, a neerlandesa e eu, quando eu me apresentei e disse a ela meu nome, pois ela pronunciou imediatamente apenas meu apelido caseiro, Lena, sem que eu o tivesse sequer mencionado. Lena, Leninha, meu nome familiar mais antigo, como me chamam meus irmãos e irmãs, meu pai e minha mãe, como me tratavam meus avós e minhas tias postiças. Ela não pronunciou meu nome, a neerlandesa que se ocupa da história das ocupações de séculos passados, talvez por dificuldade de pronunciar, ou porque... "De que século nos conhecemos? De que ocupação, de que navegação, de que guerra ou paz?", tive vontade de perguntar a ela.

— Lena... — ela disse e sorriu, mas não pronunciou meu nome!

Ora, eis minha imagem redimensionada no meu caminho para o mar, em contagem regressiva, como em lançamento de foguete que talvez não volte, que perdeu as coordenadas de onde pousar e ficou vagando pelo espaço, em busca da nave-mãe perdida. Faltam poucas páginas para o final da minha vida. Daqui por diante, vou contar mecanicamente assim a minha vida, em número de páginas (seja eu feliz ou não), e vou deixar o resultado como domínio público: acesse quem quiser a história da nossa calamidade, aberta a todo tipo de leitura e testagem. Que vaga foi essa que desaguou na nossa desgraça? Vou ao mar, em busca dessa e de outras respostas para o bom término do meu relatório, do meu inquérito, que esta é a pura verdade.

Entreguerras

Está tudo mapeado, ortofotocartografado, relatado o trajeto da herança, do dinheiro e da propriedade, comprovada a circunstância do dano, o físico, o biográfico, o moral-emocional, tudo buscado e parcialmente encontrado. Somente a justiça ainda está por ser feita. Alarmada, na linguagem dos gagos, aos tropicões, de topada em topada, eis aí a mulher, Lena, caso isto fosse uma história. Não é. Portanto, já não busco nenhuma frenética felicidade, tento apenas dar forma verossímil a um espanto, ao abalo das descobertas de um passado de malformações e dolos. Não é história. De modo que só busco concluir este inquérito, esta bricolagem de composição vagarosa e doída, sem começo numcrável, e que parece sem fim. Não é história. Portanto, vou seguir até concluir a reivindicação, a indenização total. Não é. Por isso vim denunciar os crimes de biografia em que as vítimas são meus pais, uns desamparados, uns desdenhados por um sistema de perdas e danos.

Isto que não é uma história, portanto, sou eu mesma, agora em Timbó, antigo distrito de Regalado, na Mata Norte pernambucana, a pouco mais de vinte quilômetros do mar de Itamaracá, do forte Orange holandês, tendo vindo de carro do alto sertão, passando pelo planalto da Borborema e tendo chegado a este lugar onde, pelas vagas coincidentes do destino, se cruzariam meu pai e minha mãe, nos remotos anos de 1940, quando aqui vieram viver. Dou continuidade a minha apuração, meu inquérito, ouvindo desde já o ronco do mesmo mar, sentindo o cheiro da mesma maresia onde nasceríamos nós, meus irmãos e eu, alguns em um vilarejo mais adiante daqui, como eu, outros, na capital para onde sigo depois, a Imbiribeira.

Isto que é a pura realidade, e que necessita, portanto, de expressão direta, sem volteios nem hesitação de nós na garganta, isto não passa do meu relatório já muito avançado, agilizado e otimizado, já a ponto de ser incluído nos processos em que sou eu a demandante, a reclamante, eu que formulo e firmo a justeza da minha causa, que demonstro o crime com provas historiográficas, documentais, testemunhais e periciais.

(Sim, ainda que julguem idiota, utópico, irregular e extemporâneo este meu levante individual. Ainda que, para alguns, eu caia no ridículo. Ainda que outros me chamem de vingativa, controvertida, pouco importa. Não devo nada ao mundo: eles é que me devem.)

Para a reivindicação do sobrenome de meu pai (van Waerdenburch), só me faltam os dados da genealogia genética, que Álvaro segue buscando em bancos de dados de não sei onde, as conexões, os eventuais cruzamentos de parentescos a partir de evidências de DNA que apontem nossas raízes ancestrais de até cinco gerações passadas. Minha vontade de acreditar que essa investigação — com base em profundos aprendizados de máquinas e cibercorrelações de algoritmos customizáveis, como insiste Álvaro — vai trazer resultados positivos é indisfarçável. Álvaro continua em Houston, na rua Delaware Way, lugar tão distante de mim agora que mais parece uma ficção. Já não sei se a Delaware Way fica em Houston, Amsterdam ou em outro lugar qualquer por onde também passei.

De resto, quanto aos fatos verdadeiros, tenho praticamente tudo para iniciar o processo em que reclamo a legalização da adoção de minha mãe por Manoel Lichthart no período de entreguerras em que ela nasceu e vagou pelo sertão, doada aqui e ali como cachorro sem dono. Provas documentais incontestáveis, de clareza solar, já estão ademais incluídas no meu relatório de inteiro teor:

PROVAS DOCUMENTAIS

Prova documental nº 1: certidão de nascimento de Laiane do Nascimento Lichthart

CERTIDÃO DE NASCIMENTO

4ª Zona Judiciária
Comarca de Campina

Certifico que do livro nº (NC — nada consta) de registros de nascimento deste distrito de Três Estradas, a folhas número (NC), sob o número de registro (NC) consta o nome de ***LAIANE DO NASCIMENTO LICHTHART***, nascida no dia *trinta de maio (30/05) de mil novecentos e trinta e cinco (1935)*, às (NC) horas, no povoado de (NC), filha de ***MANOEL LICHTHART*** e ***ISAURA MARIA LICHTHART***, natural esta de Icó, PB, e aquele de Catolé dos Lichthart, PB.
Declarante: (NC — nada consta). O referido é verdade.

Assinatura (NC — nada consta)

Nada consta nas lacunas (NC), muito embora o referido seja a pura verdade. Quanto às provas testemunhais desse caso, a mais importante é o depoimento de Ilza Alves, uma das filhas dos meus avós de criação, também empregada na casa dos Lichthart quando da chegada de minha mãe ali, ainda menina de sete anos de idade.

Depoimento (resumo): segundo Ilza Alves, Laiane do Nascimento (Lichthart) dormia na estrebaria, numa caminha de capim, e era tratada, desde sua chegada àquela família, como empregada doméstica e não como filha adotada de Manoel Lichthart, pastor luterano então radicado em Catolé dos Lichthart e que aceitara pegar a menina para criar e adotar como legítima sua. A adoção, todavia, nunca foi concluída legalmente em cartório, conforme certidão cheia de lacunas aqui apresentada. Segundo a testemunha Ilza, a adoção legal não foi consumada por objeção da madrasta Isaura, que deu preferência exclusiva de herança a Abel Lichthart, filho igualmente adotivo do casal Manoel e Isaura Lichthart, que não teve prole natural.

No que se refere a minha mãe, no meu relatório de comprovações, tenho que demonstrar então que todo o seu trajeto de vida naqueles anos foi junto à família Lichthart, por todos os lugares onde estes fizeram morada: de Catolé dos Lichthart a Campina e Timbó, sendo que nesta localidade Laiane do Nascimento chegou com doze anos de idade, onde seguiria calada e obediente, toda "simsinhô" no lugar de enjeitada que lhe cabia, de varredeira e lavadeira na casa dos Lichthart. O pastor luterano Manoel Lichthart tinha vindo para Timbó designado para a direção da igreja da Oração, onde ficaria por seis anos. Para abrigar sua administração eclesiástica, Lichthart adquiriu um imóvel ao lado do templo-sede, que serviria de casa pastoral.

Naquele corrente ano de 1947, minha mãe já sabia bordar, ler, escrever e fazer contas, que frequentara na Borborema uma escola mínima, na cidade de Campina, onde os Lichthart tinham se estabelecido por um tempo, sempre na atividade de evangelização e conversão das ovelhas de um rebanho caracterizado como infiel e pecador. Aqui em Timbó, onde ia de casa em casa, como professora avulsa de primeiras letras, ensinar os meninos buchudos do lugar a ler e escrever, Laiane ainda é muito querida, e amigos e aparentados se referem a ela com saudade, "a filha do pastor Manoel Lichthart". Laiane passava a maior parte do tempo, porém, na casa dos meus avós de criação, Lourdes e Elizeu, na localidade de Caetés, bairro Alto de São Miguel, porque ali se sentia acolhida e amada, ao contrário do tratamento que recebia da cruel madrasta Isaura. Se isto fosse uma história, minha mãe seria a cinderela sem príncipe, a borralheira sem nenhuma botija cheia de ouro enterrada em algum lugar e à sua espera, seria a menina da figueira enterrada viva ao pé da árvore pela madrasta sanguinária. Quanto a meus avós de criação, tinham deixado o sertão de Três Estradas havia algum tempo e se instalado aqui em Timbó, seguindo os passos da igreja da Oração, da qual também eram membros batizados.

Meus pais se conheceram e se casaram nesta então pequena Timbó, pouco tempo depois de ele ser dispensado do serviço militar, e no exato ano em que Manoel Lichthart voltou para Catolé dos Lichthart. Um certo mistério ronda a saída do pastor da direção da igreja da Oração. Poucas vezes minha mãe tocou no assunto, sempre com reservas, admitindo aqui e ali que a conduta do padrasto no ministério crente tinha gerado disputas e conflitos com o templo central. Voltou Manoel para suas plantações de algodão e sua criação de gado bovino e caprino naqueles interiores, em Trapiá, Almas e Cajueiro. Já era proprietário de grandes extensões de terras que tinha adquirido também aqui durante sua administração, e de muitos hectares para as bandas do litoral sul. Em Timbó, persiste a fama do pastor como um homem sisudo, rigoroso quanto aos usos e costumes da igreja, presbítero de sermões fervorosos, de pregações e preleções carregadas de fé, sempre abençoado no púlpito com a graça da glossolalia.

Manoel Lichthart morreria quinze anos depois, sem que minha mãe o tivesse visto de novo. Lembro do momento em que Laiane soube dessa morte e entristeceu, ela que tinha do homem a lembrança de bondade e companhia, apesar da condição de serviçal que lhe deram naquela família. "Manoel Lichthart deixou hoje a residência terrena para estar no paraíso", lembro de minha mãe comunicar aos filhos pequenos naquela ocasião, como se conhecêssemos o homem de quem só sabíamos pelas episódicas referências que dele ela fazia. Certamente Laiane chorou escondido de nós, num lamento doloroso, que parecia julgar seu próprio passado como uma maldição, como uma sequência de perdas e danos.

Naquele ano, consta que havia no município de Regalado, a que pertencia o distrito de Timbó, perto de dez mil habitantes, entre os quais estavam Cristiano de Tal e Tal e Laiane do Nascimento, ainda que não aparecessem nas estatísticas ou registros. Outros dados que colhi darão conta do contexto do lugar quando da passagem de meus pais por aqui. Por exemplo, que no ano em que eu nasci, contavam-se em Regalado, segundo o Censo da época, cerca de 3,1 mil casas e população estimada em dez mil habitantes. Registravam-se também, no comércio, duas farmácias, cinco padarias, um posto de gasolina, duas serralharias, cinco bares, vinte mercearias, duas movelarias, duas lojas, três armazéns e uma casa de venda a crédito. Na área industrial, o distrito já possuía duas fábricas e mais uma estava para começar a funcionar. Nesse contexto de subdesenvolvimento nasceria eu, à beira do rio Cuieiras, pela mão da parteira e sem registro em maternidade oficial.

Fui procurar a primeira casa onde meus pais viveram, no centro de Timbó, rua Capitão José Primo, que disso Laiane não se esquece. Estava lá de pé ainda, a pequena casa hoje de alvenaria, porta e janela estreitas, dando a fachada direto para a ladeira da rua, quase sem calçada, e que na época era de taipa, conforme minha mãe conta. Fotografei, anotei, incluí imagens e dados no meu relatório como elementos a se somarem a outras provas da passagem de meus pais por aqui — como se interessasse a alguém a existência de uma rua chamada Capitão José Primo, em Timbó, Mata Norte destes trópicos; como se interessasse a alguém senão a mim mesma deixar claro que esta rua não é a Delaware Way do estrangeiro.

Daquele tempo em diante, viveria sempre o casal de Tal e Tal, meu pai e minha mãe, imprensado entre a dívida e a fome, mudando-se daqui para ali e acolá, conforme a vaga, conforme a necessidade, condenados à baixa renda, no aperto do sistema implacável, montado para o benefício de alguns poucos e a desgraça da maioria. Cristiano nunca teria emprego permanente, atravessando a vida intermitente como os rios do semiárido, uma hora com, outra sem, na secura, no chão duro do país hostil.

No que se refere à apuração para eventual recuperação do sobrenome negado a meu pai (van Waerdenburch), aguardo provas digitais de genealogia genética, de testagem de DNA, única forma de demonstrar sua origem e filiação materna. No entanto, para embasar a ação, já tenho arrolado o testemunho de Betina Eckout:

Testemunha nº 1: Betina Eckout, historiadora neerlandesa dedicada ao estudo do período dos 1600 em que o Brasil esteve sob domínio holandês.

Depoimento (resumo): Betina Eckout comprova com documentos a ascendência holandesa de gente da região de Três Estradas, no alto sertão onde nasceram meu pai e minha mãe, remanescentes de secular comunidade daqueles invasores que se instalaram ali e perpetuaram sua descendência em cruzamentos com o povo do lugar, gente que até hoje carrega sobrenomes do estrangeiro: Lichthart, van Waerdenburch, van der Ley, Tourlon, d'Eu, van Ceulen, Wolteirink, Verhoeven, de Holanda etc.
Relevância: Relacionar esses documentos a outros relativos à filiação materna do meu pai, de sobrenome van Waerdenburch.

Este é o capítulo mais difícil da minha vida, eu que só queria mesmo, antes, ser feliz, eu que deveria talvez ter permanecido em Houston, ou mesmo partido de vez para os Países Baixos, lugar qualquer onde a história da nossa inexistência ficasse esquecida, onde eu vivesse distraída por todo tipo de amores, por todo tipo de tecnologias, por todo tipo de línguas estranhas.

Nem isto é uma história, porém, nem eu estou em busca de finais felizes, ainda que eles pudessem existir. Em breve, por exemplo, vou aproveitar para me reencontrar, numa praia da capital, a Imbiribeira, com Betina, ela que veio de Amsterdam para este alegre reencontro, propondo-se a testemunha presencial no processo do meu pai, ela que me chama de Lena. Betina é nascida neerlandesa, de mãe branca europeia, mas pai de Curaçao, negro de ascendência escrava africana, gente objeto do mesmo tráfico atlântico que transportou até aqui meu bisavô, gente estocada como mercadoria naquela tripa de ilha nos tempos apagados de séculos atrás, gente guardada ali em Curaçao para ser vendida em outros cantos do Caribe e desta América do Sul. "De que século nos conhecemos? De que ocupação, de que navegação flamenga, de que entreguerras ou tempo de paz?", tive vontade de perguntar a Betina, que logo nós duas nos demos tão bem, tão íntimas.

Betina é pouco mais nova do que eu, tem olhos azuis, pele escura e cabelo liso — Betina é linda (é o que acho, eu que sempre considero todas as mulheres mais bonitas do que eu; desde menina, acho isso mesmo, num complexo de inferioridade assumido, e do qual gargalho sozinha diante do espelho, exclamando a mim mesma, tonta e coitada: "Como eu sou feia! Hahahahaha").

Assim é que Betina e eu nos engolfamos numa atração física de peles lisas quando nos conhecemos em Amsterdam, ela que me apelidou de La Lisa — a pele mais macia que já tinha acariciado na vida. "A sua é igual!", argumentei. Perguntei se ela tinha marca de jenipapo no corpo, mas ela não sabia o que era. Mostrei a minha — assim se iniciava nossa amizade amorosa, em formato de pequena mancha levemente mais escura do que o tom da minha pele, no fim das minhas costas, um sinal de mistura, uma marca indiscutível da falta de pureza, da ausência de origem nobiliárquica, uma malformação antiga — e ela riu dessa minha definição. Betina julgou quase inacreditável o caso da ilegitimidade decretada do meu pai, da ascendência holandesa que lhe negaram, do sobrenome surrupiado, van Waerdenburch, ele que assina desde sempre Cristiano de Tal e Tal, apenas. Ela também se estarreceu ante a narrativa da morte daquela mulher, Anna van Waerdenburch, no momento do parto, esta que teria sido minha avó legítima, da oligarquia branca sertaneja, da remota genealogia que tinha restado naqueles rincões desde os 1600, século de invasões e ocupações perdidas no tempo, aquela Anna que cometera o crime carnal com um negro descendente direto de escravizados. "Você deveria também ter este sobrenome, então, van Waerdenburch, não é?", Betina concluiu, surpresa e comovida.

Desde que nos conhecemos, passei a chamar Betina de "curaçao", para não a chamar de "coração", que eu não gosto de histórias de amor, de amores presentes ou passados, bons ou ruins, curtos ou longos, com homens ou mulheres, tanto faz. No meu dicionário próprio, conjunto de verbetes que coleciono desde menina (como num caça-palavras, como quem preenche vazios de palavras cruzadas, como quem cola selos em cartelas inúteis, como quem dicionariza uma vida que nunca existiu de fato, sem ramos genealógicos, sem raízes etimológicas nem trilhas geográficas), no meu vocabulário selecionado há somente palavras e expressões de dureza quase insuportável, termos ásperos, assustadores, por vezes incompreensíveis a quem não tem familiaridade com a língua dos meus avós, a dicção, as exclamações de muito antigamente: "macacoa", "latomia", "quarar", "desasilar", "*vôte*!". Alguns vocábulos dessa coleção, eu mesma inventei ("longação" = "longa duração" ou "esboborrar" = "esborrar borrando"); outros, conheci vida afora, com uns e outros: "goto", "malungo", "bricolagem", "salsugem", "alguidar", "sobrecu", "colportor", palavras que admirei, achei bonitas, todas soando para mim como língua estranha, como coisa incorporada, espírito, demônio ou santo que se manifestou, catimbó ou glossolalia da convulsão dos evangelhos, verdadeira demência minha.

Fato é que minha vida parece assim uma história inventada, embora não passe da pura verdade. Isso eu sinto na pele, a realidade, como quem, correndo pelo canavial, já sofreu cortes da folha afiada e verde de um pé de cana. Tenho aqui um novo corte na mão, eu que me corto muito, sempre, porque sou desastrada, porque ando afobada pela vida, coisa que minha mãe chama de "agonia da jumenta":

— Essa menina parece que tem a agonia da jumenta! *Vôte*! De tanto que eu pelejei pra ela não ir atrás disso, dessa história de certidão de nascimento, de meu pai adotivo. E de nada adiantou eu falar.

Álvaro também reclama da minha hipervelocidade, que ele chama de "ansiedade", indicando fármacos, psicólogos, médicos psiquiatras em Houston, medicamentos "de última geração, ultraeficientes e sem efeitos colaterais". Mas essa velocidade é de quem sabe que vai morrer amanhã e precisa, portanto, contabilizar em números de páginas o que lhe resta fazer, agilizar o relatório desta vida no geral péssima, ritmo acelerado de quem quer logo é resolver, concluir.

Quem já andou por dentro de um canavial sabe a dor do corte que a folha talha no braço fino, o lanho, o sangue descendo como o de um bicho ferido. Já corri muito por dentro dos canaviais verdes da Mata Sul, brincando, menina, em sítios de conhecidos e aparentados. E ainda hoje levo cortes: vim lá do sertão de Três Estradas com este corte no dedo. É que ali aprendi a preparar carne de sol: a fatiar, deixar sangrar, separar em mantas, salgar, pendurar no moquém para secar. Foi nessa operação que o facão acertou em cheio meu dedo. Aconteceu também, mais de uma vez, de sair com minha mão machucada ao matar, depenar e cortar galinhas, operação que aprendi com minha mãe, de modo tal a me espetar em lascas e pontas de ossos. Então, afobada como sei que sou, trago sempre comigo curativos de todos os tipos, de esparadrapos a band-aids. Sou muito admiradora da invenção dos band-aids, que são de alta qualidade em Amsterdam ou Houston, essas cidades do mundo onde produtos de vários tipos são melhores do que os daqui.

Pois eu voltaria para Amsterdam? Para Houston? Para onde, terminado este custoso inquérito, esgotada a pesquisa sobre o quase inenarrável nanopassado de meus pais, sobre a irrelevante vida de meus avós? Para onde?

Entretanto, não posso me distrair até que tudo aqui esteja encaminhado e concluído. Cá estou eu em Timbó, para avaliar de perto as terras e plantações que seriam de minha mãe, hoje em nome dos Lichthart. Abel me procurou, dando nome e telefone de seu advogado, invocando leis de transmissão de herança, sucessões e obrigações.

— Quem fala por mim agora é ele, o advogado. Trate com ele se quiser — Abel avisou, em tom definitivo.

Não respondi. Guardei comigo o que tinha preparado para lhe dizer logo na primeira oportunidade: "Abel, estou eu aqui de novo com o meu nada, o meu coisa nenhuma... Fique sabendo que estou diante das propriedades todas que seriam também de minha mãe, teus coqueirais, teus partidos de cana, na terra que você herdou sozinho...".

— Você fique sabendo que falei de novo com tua mãe — Abel completou, ao me informar sobre o advogado. — Pois ela mesma não está se queixando de nada... Ela está sentindo é muito aperreio com essa tua teimosia, essa latomia que é coisa somente tua...

Parei de ouvir o que ele dizia, porque meu pensamento deteve-se na palavra "latomia", dado meu interesse obsessivo pela etimologia de certos vocábulos, sua morfologia e significado. Se "latomia" tivesse a mesma origem do verbo "latir", então Abel estava me chamando de cachorra? Então, me deu vontade de perguntar: "Por acaso eu sou um cachorro?". Tive raiva. "É isso? Você está me chamando de cachorra? Não bastou a vocês terem tratado minha mãe como um animal de estrebaria?"

Guardei a pergunta comigo, entretanto, que certamente o homem velho não compreenderia. E respondi protestando contra sua fala abusada:

— Fique sabendo, Abel, que eu não sou como minha mãe, submissa a vida toda, toda "simsinhô" pra tua família, pra teu pai e tua mãe, pra você... Jamais eu fui como minha mãe. Jamais.

Se minha vida fosse normal, Abel teria sido meu tio... pelo menos por laço de proximidade, parente potencial, amoroso.

Que nada. Amor nenhum. Só há latidos, queixume, ataques ruidosos de um lado e de outro nesta arenga em que a reclamante sou eu mesmo. Ademais, verifiquei que a origem de "latomia", no sentido que me interessa, é dada como obscura, tão obscura quanto estes fatos que tento desvendar, e cujo manto de silêncio imposto quero revolver, descerrar de uma vez por todas.

Estou aqui em Timbó e Regalado, em segundo lugar, para instaurar os processos trabalhistas e requerer indenização pelos danos à saúde de meu pai. Desse modo, assim consta, como introdução nos autos do primeiro processo que abro, contra a Companhia de Tecidos Lundvotorim (CTL).

INTRODUÇÃO

Que: "Por sobrejornada e insalubridade nas funções de machadeiro e foguista que exercia à época, na fábrica de tecidos CTL, onde trabalhou dos vinte aos vinte e três anos de idade, Cristiano de Tal e Tal foi mutilado em dois dedos da mão sem ter recebido indenização nenhuma, sem registro em carteira, sem direito a nada".

Na ação seguinte, contra a Fábrica de Cimento Pauli, consta:

Que: "Na função de ensacador de cimento, na fábrica Pauli, de propriedade dos mesmos Lundvotorim, também com sobrecarga de trabalho, em ambiente insalubre e sem instrumentos de segurança adequados, aspirou por anos seguidos pó de calcário, argila, poeira de cimento e outros elementos nocivos à saúde, tendo adquirido pneumoconiose severa e crônica".

O referido aqui é a pura verdade. Tenho provas e testemunha: minha tia de criação, Irene Alves, irmã de Ilza Alves, filha dos meus avós de criação, Elizeu e Lourdes. Irene, apesar de já muito idosa, tem lucidez e memória preservada daqueles fatos passados. Eis o resumo de seu depoimento essencial, relatado nos autos.

PROVAS TESTEMUNHAIS

Testemunha: Irene Alves, noventa anos de idade, tia postiça, filha de meus avós de criação.
Depoimento (resumo): Irene Alves (a mais infeliz das mulheres que já conheci) trabalhou como operária na mesma fábrica de tecidos, a CTL, no município de Regalado, no mesmo período em que Cristiano de Tal e Tal, meu pai, perdeu dois dedos em acidente de trabalho no manuseio do machado, sem nenhum equipamento de proteção, ele que ocupou ali as funções de machadeiro e foguista por três anos e foi dispensado sem indenização. Irene presenciou o ocorrido, confirma-o e dá detalhes da condição de exploração a que estavam submetidos os trabalhadores naquele estabelecimento fabril.
Relevância: Trata-se de testemunha ainda viva, que guarda recibos de pagamento do salário de fome que recebia, e que confirma ter sido demitida porque era crente da igreja da Oração, religião que os proprietários católicos do estabelecimento fabril não aturavam, da mesma forma que eram demitidos os negros de culto de candomblé e xangô. Acrescente-se a seu depoimento trecho de publicação historiográfica arrolado aqui também como prova, em que se confirma o seguinte: "Os Lundvotorim controlavam inclusive a religião dos empregados. Demissões em massa dos crentes e dos negros de catimbó eram feitas sem justificativa — sendo caracterizados como crentes aqueles que tinham rompido com os grilhões da idolatria (leia-se 'que tinham rompido com o culto a imagens de santos'), herança da colonização católica portuguesa, e que professavam a salvação exclusivamente através de Cristo, que, sendo católicos praticantes, os Lundvotorim eram intolerantes com outras formas de culto dentro de suas posses".

Na visita, a minha tia Irene Alves, sua caduquice lúcida, mas confirmadora de importantes fatos até então desconhecidos nesta busca, era de impressionar. Como ela estava dormindo quando cheguei no quarto de fundos onde vive hoje, aqui em Timbó, e como despertou um tanto surpresa ao me ver ao lado de sua cama, indagou, olhando para a minha cara e para a mulher sua cuidadora:

— O que foi? Eu já morri? Onde estou? Vocês já morreram?

Gargalhamos, a cuidadora e eu, do questionamento tão verdadeiramente oportuno a uma nonagenária como Irene.

Mas logo ela se localizou, rindo da nossa intensa gargalhada diante de sua pergunta. Irene foi minha tia preferida a vida toda, desde minha infância cheia de doces e outros agrados que ela nos trazia, ela que nos acompanhou de perto por longo tempo, ela que me salvou quando nasci, reatando o nó do meu umbigo que sangrava. Nunca vi Irene morando senão em quartos de fundo, na ocupação de doméstica, copeira, faxineira ou passadeira. Irene é uma das pontas deste meu nó na garganta que não se desfaz (as outras pontas são meus pais), eu que testemunhei vida afora, desde cedo, a condição de subsistência e desamparo em que sempre viveu gente como eles. Irene é grande parte da minha culpa, eu que fiz muito pouco por ela, que fui embora bater mundos e fundos por aí, das cidades grandes do país à Cabeça do Cachorro, às estrangeiras Houston e Amsterdam, comprando carros de primeira linha e band-aids de alta qualidade. Fiz pouco por eles, minha culpa, minha máxima culpa.

Sigo, entretanto, no meu frio relatório, no qual o depoimento que Irene Alves me deu está incluído com destaque.

DEPOIMENTO COMPLETO DE IRENE ALVES

Que: "Cristiano, teu pai, trabalhava como machadeiro e foguista. Machadeiro era quem trabalhava no corte da lenha para as caldeiras e no plantio de eucalipto pra fábrica também, que era tudo máquina a vapor naquele tempo. Teve época de a fábrica funcionar com doze caldeiras queimando o dia todo, que era na base de oitenta caminhões de lenha por dia. Teu pai perdeu os dedos numa machadada cortando lenha. Nunca recebeu nada por isso, que ele não tinha registro em carteira nem nada. O salário era de fome, que trabalhador como ele, machadeiro, era pago na lista que eles chamavam de 'folha azul', de quem recebia por produção e era contratado de empreita que uns homens lá faziam e traziam operários pra trabalhar na fábrica desse jeito. Quanto mais lenha cortava, mais o pagamento aumentava".

Que: "Não era todo operário que tinha direito de morar nas casas da CTL, não, que o coronel Lundvotorim tinha construído algumas ruas de casas pros trabalhadores, mas eram poucas, e as casas eram todas do coronel, ninguém tinha posse da casa, não. Ele era dono de tudo aqui em Regalado. O resto, a gente, todo mundo, morava mesmo é nos mocambos que naquela época eram de barro e cobertos de palha. E quando o coronel dava um roçado pra um trabalhador cuidar, pra plantar e comer daquilo e vender um pouco na feira, não podia vender nada em outro lugar, que os preços da venda eram os Lundvotorim que estipulavam. Se descobrissem que o cabra vendia fora, em outro lugar, tiravam o roçado dele, a terra e tudo".

Que: "O salário era baixo demais, a gente trabalhava bem umas onze horas por dia ou mais. Só que não tinha trabalho em outro lugar, então o jeito era aguentar assim mesmo. Olha, e tinha tanto operário naquela fábrica que só formiga. Quando o apito de troca de turno tocava é que a gente via aquele formigueiro de gente, uns entrando, outros saindo. Tinha tudo quanto é família empregada lá, pai, mãe, filhos ainda criança. Todo mundo tinha gratidão ao patrão por isso. Porque, somando o pagamento de todo mundo na família, dava pra ir vivendo. E ainda faltava gente, tinha vaga sobrando".

Que: "Então, pra preencher vaga, o coronel mandava buscar mão de obra no sertão aqui de Pernambuco, da Paraíba. Veio gente de Três Estradas, de Catolé. Teu pai chegou aqui assim, com treze anos. Chegava tudo quanto é família grande, com a promessa de trabalho, casa pra morar e comida. Deixavam tudo pra trás, casa, plantação, parentes, largando lá longe a terra onde tinham nascido. Vinha todo mundo de trem, do interior pra cá. Teu pai veio menino, mas só foi conseguir emprego na fábrica uns anos depois, quando saiu da Marinha, porque chegou sozinho, sem pai nem mãe que autorizasse o trabalho dele na fábrica. Teu pai contava a história dessa viagem de Três Estradas pra cá, que tinha vindo no Trem da Serra, que chamavam por esse nome o trem que passava pelas terras do engenho de Utinga, de Monjope, em Igarassu. Que o trem parava naquelas estações que nem existem mais, de Chã de Trepa e Desce, de Caiana, de Aldeia, até chegar aqui em Regalado".

Que: "Quando conseguiam juntar bastante gente, famílias e tal, então o trem partia lotado lá do interior. Quando chegava aqui, levavam todo mundo pra esperar a contratação numa casa de hospedagem provisória, na rua da Mangueira. Era só por pouco tempo mesmo, e ali o coronel dava alimentação pra eles todo dia, e todo mundo que chegava era obrigado a tomar óleo de rícino por causa das vermes e outras doenças".

Que: "No tempo da gente, o refeitório da fábrica era o chão de cimento, e eu me lembro disso como se fosse ontem, que eles forravam papel no chão e serviam farinha seca com carne de charque assada pra gente comer, e junto davam café coado pra gente beber".

Que: "Eles pagavam a gente, todo mundo, no dia de sábado, e sempre de noite, das oito até dez horas da noite, porque ali, do setor de pagamento, todo mundo já ia fazer a feira da semana, que era de sábado, não é?, que começava cinco horas da tarde de sábado e ia até de madrugada".

Que: "Tinha muita gente na fábrica que não sabia ler nem escrever, que só sabia assinar o nome. Que quando eram demitidos assinavam qualquer recibo sem saber direito o que dizia, com o tempo de serviço errado, a indenização com quantia a menos, essas coisas. Teu pai e eu, pelo menos a gente sabia. Eu mesma aprendi tudo com tua mãe, que foi professora de primeiras letras aqui em Timbó. Teu pai chegou aqui com pouco estudo, mas frequentou escola por uns dois anos, e aprendeu muita coisa sozinho depois, que ele é muito inteligente, sempre foi, e todo mundo admirava ele aqui por isso. Até coisa de carpinteiro ele aprendeu sozinho quando saiu da fábrica".

Que: "Olha, e o coronel, que era católico praticante, mandava descobrir quem era crente dos operários da fábrica, e quem era preto do candomblé, que fazia despacho de catimbó pelas encruzilhadas. Ele perseguia os crentes da igreja da Oração e o povo de xangô. Quem tinha cargo de confiança lá eram somente os católicos. Olha, eles demitiram muito crente e muito preto, sem justificativa nenhuma, viu? Mas a gente sabia que era por isso. Mandaram embora uma porção enorme de crentes, e eu estava numa leva dessas, que naquele tempo eu era crente. Foi por isso".

Que: "O coronel Lundvotorim era muito rico, a família toda morando num solar luxuoso em Regalado. Era homem muito branco-avermelhado, que andava pra cima e pra baixo na fábrica vestindo terno sempre claro, todo perfumado, fiscalizando o trabalho dos operários. Ficou cada vez mais rico e dizem que abriu lojas até lá no sul, com o nome de Lojas Lundvotorim".

O referido por Irene Alves é a pura verdade incontestável, sobre a qual eu já tinha questionado duramente meu pai, por mensagens que ele ignorou. Eu já tinha enviado a pergunta por texto, por áudio, por Morse, codificada, criptografada, alto e bom som, quase gritando nos ouvidos do homem hoje bastante adoentado, tentando convencê-lo de que meu inquérito, meu manifesto, é pertinente e justo:

— Pai! Olha, por acaso eles te indenizaram naquelas fábricas? Pagaram tua asma, teu pigarro, teus dedos arrancados? Então!

Repeti, via áudio codificado em Morse que enviei para o celular dele:

".--. .- .. -.-.-- / --- .-.. .... .- --..-- / .--. --- .-. / .- -.-. .- ... --- / . .-.. . ... / - . / .. -. -.. . -. .. --.. .- .-. .- -- / -. .- --.- ..- . .-.. .- ... / ..-. -... .-. .. -.-. .- ... ..--.. / .--. .- --. .- .-. .- -- / - ..- .- / .- ... -- .- --..-- / - . ..- / .--. .. --. .- .-. .-. --- --..-- / - . ..- ... / -.. . -.. --- ... / .- .-. .-. .- -. -.-. .- -.. --- ... ..--.. / . -. - --- -.-.--" (Pai! Olha, por acaso eles te indenizaram naquelas fábricas? Pagaram tua asma, teu pigarro, teus dedos arrancados? Então!)

O teor do depoimento de Irene me provocou comiseração e uma ira terrível, reforçando o meu desejo de ir traçando meu rastro de espuma e sangue daqui por diante, por onde quer que eu vá passando. Não posso nem mesmo perguntar a meu pai por que ele não se rebelou contra tudo aquilo, por que ninguém se revoltava diante da extorsão depravada. Isso seria culpá-lo, ofender um operário da pobreza de antigamente, que não dispunha dos elementos para constituir sua defesa, requerer seus direitos, perseguir o inimigo. Se pudesse — e para tentar convencê-lo mais uma vez de que minha causa, minha denúncia aberta, minha reivindicação está correta —, se pudesse, perguntava a ele: "Pois, então, pai, você não se lembra que chegou aqui em Regalado aliciado pelos donos da fábrica, praticamente como escravizado, e que julgaram você amarelado, infestado de lombrigas, e por isso te enfiaram óleo de rícino goela abaixo, o purgante, como se você fosse um animal de pasto, um bode, um desclassificado? Caramba. Você lembra disso? Pois tia Irene me contou em detalhes!".

Cristiano sempre falou muito pouco sobre sua passagem pela Companhia de Tecidos Lundvotorim e pela Fábrica de Cimento Pauli. Ele não suporta enfrentar a verdade daquele passado aviltante, nem muito menos sua resignação, sua inevitável impotência ante tamanha humilhação. Com o passar do tempo, e para burlar com sua inteligência o sistema de exclusão de desgraçados como ele, deu para mentir, espalhando até hoje por todo canto que é holandês, deu para inventar currículos para conseguir a vaga de trabalho que desejava em portos e aeroportos. Assim, dizia ter feito curso para piloto de avião em Amsterdam, ter sido capitão de navio em não-se-sabe-que-mares, entre outras barbaridades, numa espécie de delírio criativo e lúcido (meu pai é quase um ficcionista).

Por curiosidade, fui à rua da Mangueira ver o lugar onde chegavam naquele tempo os deslocados da hinterlândia, mas só encontrei ruínas da casa-hospedaria, a história morta, os registros todos apagados, uma vez que se tratava do abrigo da ralé desprezível, a leva de trabalhadores nanicos desclassificados que tinha passado submissa e feudal por aquela senzala.

Prossegue o meu frio relatório, engolido o nó na garganta, estocados em meu autodicionário todos os termos da pergunta que não farei a meu pai, mas que vou fazer em juízo a todos aqueles que devem a ele, a mim, e farei sem gagueira, sem vacilações nem medo, sem o embotamento da culpa, com toda a governança possível desta causa, que é minha, toda minha. Farei.

As páginas seguintes reúnem provas do segundo processo, contra a Fábrica de Cimento Pauli. Algum despacho de juiz haverá de reconhecer a sobrejornada, o adicional de insalubridade que deveria ter sido pago, "tendo em vista também a exposição ao ruído e ao calor em níveis superiores aos limites de tolerância", conforme li em documentos de homologações da época, tudo conforme as medições criteriosamente realizadas por perito, de modo que o laudo estará devidamente fundamentado e adequado a meu pedido de indenização.

Assim estará formulada a denúncia, o inquérito já apurado, na ação judicial em cujo cabeçalho rezam os seguintes dados:

Parte autora: Eu, a filha, procuradora em nome de Cristiano de Tal e Tal.
Parte ré: Fábrica de Cimento Pauli, propriedade dos Lundvotorim.
Natureza do processo: Indenização por danos físicos e moral-emocionais decorrentes de doença adquirida por exposição a trabalho insalubre desumano.

Assim estará aberto o processo, dividido o texto, conforme se exige, nas seguintes partes: 1. Introdução; 2. Lista de provas coletadas (provas documentais; provas periciais, paleográficas; provas digitais); 3. Análise das provas; 4. Conclusão — todos os fatos descritos e correlacionados, toda a relevância demonstrada, fontes comprovadas, peritos identificados.

Os argumentos são irrefutáveis, conforme se lê em processos de litígios trabalhistas da época contra a citada Fábrica de Cimento Pauli, e aqui arrolados como prova:

Que: "O demandante laborou em indústria fabricante de cimento, estando exposto aos seguintes agentes agressivos: ruído, pó de cimento, poeira total. A avaliação do impacto do ambiente de trabalho sobre a saúde dos trabalhadores, medidos os níveis de ruído e de material particulado, tanto na área quanto no trato respiratório dos operários, constatou valores muito acima do permitido. A empresa Pauli, além do calcário e da argila, utiliza também, no seu processo de fabricação de cimento, escória siderúrgica e gesso".

Que: “Esses resultados revelaram um ambiente e processo de trabalho insalubres, ademais sem fornecimento aos operários de equipamento de proteção e segurança, colocando em risco a saúde dos mesmos. As inspeções técnicas realizadas nessa fábrica demonstram altos níveis de contaminação individual que se reflete em casos de pneumoconioses, dermatites de contato e irritações diversas das vias aéreas superiores, ainda que subnotificados”.

CONCLUSÃO

Não haverá juntas de conciliação, tampouco atenuantes, muito menos mediação de nenhum tipo. Não haverá impugnação, porque eu vou até o fim contra todos os réus, até a justiça ser feita. Vou.

Falei com meu pai.

— Então, pai, veja só! Subnotificaram a tua doença quando te demitiram, não relataram a coisa como ela é, quer dizer, você entra numa categoria de pneumoconiose, doenças do pulmão, asma, entendeu? Muitos empregados processaram a fábrica. Encontrei vários documentos. Tem muita chance de você ganhar a causa.

Cristiano respondeu por monossílabos, como se aqueles fatos passados provocassem nele uma paralisia. Desnecessário dizer a ele que a chamada “escória” era de dois tipos: a siderúrgica, que ele ingeriu, e a humana como ele, a gente baixa e descartável, a massa operária que engoliria pó de calcário e cuspiria sangue na planta da fábrica. Eis por que o referido aqui é a pura verdade, a realidade como ela é. E por tudo isso é que, em nome de minha mãe e de meu pai, sou a reclamante nos processos, a procuradora.

Daí eu ter tido com meu pai, antes de vir para Regalado, uma conversa muito séria, sobre minha intenção de instaurar aqui esta ação em nome dele, por uma questão de honra, contra os Lundvotorim, que meu pai cresceu neste lugar onde dominavam ainda os coronéis, os oligarcas da riqueza, do poder e do mando, ele que deveria ter hoje, Cristiano van Waerdenburch de Tal e Tal, uma herança desta ou daquela fortuna; ele que poderia ter sido gerente na fábrica de tecidos, diretor na fábrica de cimento, sim, que eram nomes de estrangeiros como os Lundvotorim, os donos de tudo, dos solares luxuosos onde viviam, dos cargos e do dinheiro. Sim: para isso vim corrigir o sobrenome roubado de meu pai, para consertar o seu destino de Ninguém — ou seja, meu pai, um Ninguém, um Fulustreco dos Grudes, um senhor Nada, um Coisa Nenhuma.

Seria isso. Daí a conversa dura com ele, que não somos gente humilde, não, como gostam de dizer, como gostam de tipificar, "humilde", para suavizar a malformação chamada pobreza, imposta e não congênita como querem. Não sou humilde! Tive, portanto, uma conversa definitiva com o homem adoentado, na qual deixei claro que este é o capítulo mais difícil da minha vida — este em que estará finalmente instaurada em autos de justiça a denúncia, em que peço a reparação, a indenização total, não importa quanto tempo tenha se passado, como quem investiga um donatário que deveria, isso sim, ter repassado a minha mãe uma capitania qualquer, uma sesmaria, um pedaço de terra devoluta, criações de gado, plantações de coco, algodão e cana.

Por isso eu gosto e não gosto de Pernambuco, porque minha história tem a ver com essa capitania hereditária que tanto prosperou, com exceção dos meus ancestrais que não subiram na vida, que nunca galgaram o pau de sebo até o topo, que escorregaram sempre para baixo. Pernambuco nada ofereceu a eles além da expulsão compulsória.

Vim do planalto da Borborema, onde registraram minha mãe sem nome que se saiba, onde tiraram dela a legitimidade possível. De modo que hoje, à minha mãe, Laiane, qualquer nome vulgar serviria: Bárbara Maria da Pobreza, Maria-já-é-dia, Maria Farinha, Maricota etc. e tal, homônima, quadruplicada em qualquer uma mulher vulgar nos documentos forjados de antigamente, incompletos, rasurados, carcomidos pelas traças do mundo.

Também conversei seriamente com minha mãe, em tom igualmente definitivo, naquela mesma ocasião, antes da minha vinda para Regalado, sobre o propósito desta minha empreitada de busca por uma genealogia nossa, diálogo que me emocionou, que me comoveu porque ela não consegue esconder todo o seu estarrecimento diante de fatos que descobri, e que ela desconhecia. Eu disse: "Você não tem noção de que você e o papai nasceram e cresceram no entreguerras, período terrível para se viver naquele sertão miserável, entre uma guerra total mundial e a guerra interna das revoluções derrotadas, sacaneadas, revoluções disso e daquilo... No ano mesmo em que você nasceu, 1935, mamãe, houve uma grande revolta, uma intentona, uma coluna enorme de gente marchando país afora pedindo justiça pela condição de penúria em que vocês cresceram, nas funduras daquele sertão, e em que vocês viveriam ainda por muito tempo, espremidos entre a dívida e a fome". Foi o que eu disse a minha mãe.

Não sei se ela me entendeu, nem o que achou das bases do meu socialismo utópico, desse meu manifesto individual, solitário e ridículo para alguns. Que me chamem de subversiva, controvertida, pouco me importa. Ora, dane-se este mundo a quem não devo nada, danem-se os outros, que eles é que me devem.

Já estou muito perto do mar. Quero examinar de perto que vaga foi que desaguou na nossa desgraça. Os cheiros da maresia já acusam a presença dos mares verdes desta terra, das praias de Itamaracá, Pau Amarelo, Maria Farinha, Janga. Concretamente — um olho por olho, um dente por dente —, vim verificar os possuídos, as propriedades de Abel Lichthart para as bandas da costa, do litoral norte e sul. Se minha vida fosse normal, Abel seria meu tio adotivo, irmão adotivo de minha mãe por laços de fraternidade adquirida e adotada, amorosa, não egoísta.

Concretamente, no roteiro que tracei para estar aqui, meu objetivo agora é verificar as plantações de cana e de coco de Abel Lichthart e seus herdeiros, os extensos coqueirais que já recebem daqui a brisa morna do mar muito próximo. Alguns alqueires dessas propriedades, conforme as ortofotocartas que Álvaro me enviou, se estendem mesmo até a beira da praia, na Mata Sul, a zona canavieira, o que me chocou, o que bateu em mim como vergão provocado no corpo pela folha de canavial, a dor ardida, cortante. É que eu sempre observei terras de litoral como algo que perdi, sempre olhei para a extensão do mar como um território que escapou de mim, eu que sou herdeira incerta e não sabida da tal beira de praia onde nasci.

Seguindo meu traçado, meu roteiro preestabelecido — como quem vai talvez deixando para trás um rastro de sangue? Por vingança? Por justiça? —, visitei por último, aqui em Timbó, o bairro de Caetés, no local chamado Alto de São Miguel, onde meus avós de criação viveram numa casa com cacimba no quintal, coberta de telha vã escurecida pela fumaça da chaminé de fogão a lenha, e onde meu avô Elizeu fumava cachimbo acocorado no terreiro, feito o indígena que era. Ali passávamos curtos períodos de férias escolares ou mesmo feriados forçados, que era para onde minha mãe trazia os filhos em períodos de fome na capital. A casa é outra hoje em dia, irreconhecível, moradia de gente desconhecida, mas de onde ainda sobressai a copa das frutíferas de fruta-pão, caju, goiaba e jambo. Naquela então zona rural de Timbó, no pequeno terreiro de fundo, meus avós tinham sempre o que tirar para comer, que cultivavam legumes e verduras, de jerimum e inhame à criação de galinhas e porcos.

Sim, este é o meu memorialismo, mnemônico e dolorido, tempo e fala da gente de quem nunca me esqueço, e de quem me lembro como se fosse ontem, e de quem lamento sempre a ausência. Por último, depois de Caetés, fui ao centro de Regalado observar as ruínas da fábrica de tecidos, os restos de chaminés hoje silenciosas, mas que outrora queimavam diuturnamente, expelindo a fumaça de dedos comidos, de pedaços de lenha e carne de gente.

Temo que, na esteira desta minha peregrinação em busca da genealogia dos meus pais, das indenizações totais, vá se formando um rastro de sangue. Logo entrará o mês de março, de modo que precisei acelerar minha corrida contra o tempo de mim mesma e fazer a derradeira visita planejada para estas bandas da Mata Norte. Fui pela segunda vez na minha vida ao lugarejo chamado Pauli, a pouco mais de uma légua do centro de Regalado, à beira do rio Cuieiras. Ali, na vila operária de mesmo nome, Pauli, alocaram meu pai depois do acidente com o machado na fábrica de tecidos. Ali nasci eu, no subdesenvolvimento, na escuridão lúgubre dos povoados ainda sem energia elétrica, uma mulher que haveria de se chamar Lena, caso isto fosse apenas uma história.

Na vila fabril da Fábrica de Cimento Pauli, quase todas as casas já estão demolidas. A fábrica mudou-se para algum canto longe daqui. Comparei as ruínas da vila com as fotos das casas já vazias e tristonhas que eu tinha fotografado na única visita anterior a esta, em que minhas tias Irene e Ilza não conseguiram localizar exatamente a unidade onde meus pais viveram e onde eu nasci. Eram casas muito parecidas, fachadas pintadas de cores alegres e salteadas.

Para essa antiga habitação, minha mãe até hoje solta elogios, primeira casa coberta de telha em que moraram. Mas como meu pai adoeceu, tendo adquirido asma crônica no trabalho da fábrica, e como meu pai sonhava em viver numa casa com energia elétrica, o que na vila Pauli ainda não havia, não se demoraram muito no lugar e partiram para a capital.

Portanto, se isto fosse uma história, seria um manifesto, um protesto em tons variados, às vezes até mesmo em versos de poema: "Lena, que deveria ter virado uma coitada na vida, ou ter morrido aos sete anos de idade, mas que, não, é das revoluções, dos contra-ataques aos baleeiros dos mares. Nasceu aqui, a lume de lamparinas e candeeiros, onde seu pai foi operador de fornos escaldantes, e onde, naqueles tempos, nascia-se em casa, pelas mãos de uma parteira. Por acaso preservaram a casa onde ela nasceu? Não! Demoliram, como se a história de sua vida não interessasse a ninguém. Desmontaram sua biografia, porque é assim que tratam a vida de gente como ela: como existências de segunda classe, sem prestígio, sem dados de linhagem nobiliárquica, sem origem conhecida ou reconhecida em arquivo oficial nenhum. Botaram abaixo a casa, da qual ela se despediu com indignação e tristeza: 'Adeus, para nunca mais'".

A sobrecarga de trabalho insalubre a que foi submetido Cristiano de Tal e Tal na fábrica de cimento não era mencionada pelo coronel proprietário Lundvotorim em suas declarações a jornais da época — declarações que selecionei e incluí no relatório de provas para abertura da ação judicial. Pelo contrário, o coronel gabava-se "da produção das 450 toneladas diárias de cimento", que "atenderiam as necessidades de toda a região", dada a urbanização acelerada das cidades naquelas primeiras décadas do século, da capital Imbiribeira, da própria Regalado, de tantas outras que "requeriam", em palavras de Lundvotorim, "o progresso industrial, processo no qual a Fábrica de Cimento Pauli desempenhou papel fundamental".

A Fábrica de Cimento Pauli, segundo o coronel anunciava, "dadas as dificuldades econômicas impostas pela Segunda Guerra Mundial e as restrições na importação de produtos, via-se obrigada a um esforço de ampliar seu parque industrial e aumentar sua produção, favorecendo-se da existência de jazidas de calcário de alta qualidade na região". E o coronel citava, por fim, a importante contribuição da fábrica para a Liga Social Contra o Mocambo, uma vez que tinha doado uma dúzia de sacos de cimento para a construção de casas de alvenaria na cidade.

— Quanta desfaçatez, meu pai!" — eu comentaria com Cristiano. — Por quantas décadas não subsistiriam ainda os mocambos, aquelas taperas ali à beira do mangue, e na Imbiribeira e por todo canto, até hoje!? Quanta mentira, não, pai? Que campo social o quê? Meia dúzia de sacos de cimento! Revoltante a ganância de lucros, isso sim. Ganância, egoísmo, exploração da força de trabalho barata como a tua! — Interromperia meu discurso porque Cristiano começaria a engasgar na tosse asmática, provavelmente afogado na emoção e na raiva que não podia demonstrar.

Não posso cobrar dele meu desejo de rebelião, o homem doente, de saúde afetada por anos de trabalho ingerindo camadas de pó de calcário e amargando frustrações severas. Meu desejo, entretanto, era que meu pai tivesse se revoltado, armado uma conspiração qualquer contra aqueles que lhe tiraram não apenas a legitimidade do sobrenome, mas contra todos os outros que executaram a espoliação cotidiana de toda a sua vida. Primeiro, vítima da proibição do reengajamento na força militar, tiraram-lhe o ofício de telegrafista, o soldo, a bota, o uniforme e a esperança numa patente que, aos olhos dele, davam-lhe dignidade, além do que comer e um teto de quartel para morar — naquele momento da dispensa, poderia ter arquitetado sua primeira conjuração, tocando fogo nos fios de telégrafos, nas redes telegráficas ao longo dos trilhos, como os revoltosos de 1930.

Sim! Não sei por que ele não se insurgiu! Na Revolução, os sublevados entraram na Central Telefônica da Boa Vista e cortaram os cabos do distribuidor geral da central de telefonia. Ora, se ele próprio, o coitado do Cristiano meu pai, é que nos narrava esse evento que lia nos livros sobre guerras e revoluções! E eu, muito menina, já achava muito bom ouvir aquelas histórias de rebelião, eu que poderia muito ter participado das guerras de guerrilha que se dão nas florestas fechadas da Cabeça do Cachorro e outros cafundós.

Caso Cristiano não tivesse quase sufocado ao telefone, meu discurso continuaria, todo pronto, um desabafo, um verdadeiro manifesto em tom de pura vingança, convocando o homem velho à revolta impossível, perdida no tempo, contra todos os "agentes agressivos" que o perseguiram vida afora.

Assim eu diria a Cristiano de Tal e Tal, continuando meu discurso inútil:

— Pois quem, meu pai, em sã consciência, não se rebelaria? Você não acha que alguém de teus ancestrais deveria, sim, ter armado um motim qualquer? Teu avô escravizado africano, por exemplo, pai de Malaquias, deveria ter fugido, não? Deveria ter se juntado aos outros naqueles aldeamentos, atuado no núcleo duro da revolta, em vez de suportar o chicote no eito, sangrando e chorando naquelas condições sub-humanas, o coitado, se distraindo com cantos de passarinhos, aprendendo a identificar um sofrê, uma cancã, uma maria-já-é-dia. Que vida de merda, meu pai! O próprio Malaquias aceitou calado a violência, o roubo do teu sobrenome holandês, expulso como escória das terras de quem seria tua mãe. Então, aquele meu bisavô deveria ter sido personagem real das guerras que você lia nos livros, deveria ter fugido, chegado à Cova da Onça, sublevado como tantos outros, praticando ataques de surpresa, emboscadas e surtidas rápidas, não acha? Era isso que faziam os fugitivos, guerras de guerrilhas contra a tirania sesmeiro-escravista, defendendo a liberdade deles, formando linhas de defesa ao longo das matas, não era? Não era isso que diziam os livros que você lia, meu pai? Pois, então, que os pretos amotinados, aliados aos mestiços, praticavam pilhagem, planejando ataques contra povoados e vilas, afrontando os representantes do poder, os donos das terras, num exemplo de recusa coletiva à escravidão? Não era isso que você lia, com tanta admiração, meu pai? Ora, era como se você quisesse ter participado também, todo entusiasmado com a história daqueles rebelados que resolveram desconhecer o direito de propriedade e adotar, ali na Cova da Onça, um comunismo indígena, onde tudo é de todos, como na Cabeça do Cachorro! Pois, então, meu pai!

Engoli esse discurso fundado no meu socialismo utópico (mas vingativo), fonte da minha ira. Meu pai teve fé que melhoraria de vida em Regalado, em Pernambuco, na Imbiribeira. Nada. Danou-se, permaneceu na mesma lama de onde veio. Pernambuco nada lhe deu. Mas tivesse, coitado, agido como um inconfidente, partido para uma subversão qualquer contra o projeto montado pelos coronéis, o pacto acertado entre os proprietários para moer e cuspir gente pobre pelas chaminés, sua vida não teria sido diferente. Continuaria animal de trabalho como meu bisavô, foreiro como meu avô, expulsos da terra dos donos em tempos de seca ou por discriminação de pobreza e raça. Continuaria como continuou: empregado de condição, demitido de ano em ano, morador de aluguel na casa dos outros. Somente o sobrenome estrangeiro, van Waerdenburch, e a consequente herança teriam certamente mudado os rumos de seu destino.

Álvaro ainda não me enviou o resultado da testagem de DNA, de modo que não se tem referência que comprove a consanguinidade de Cristiano com a linha materna de ascendência holandesa. Do mesmo modo, minha mãe continua sem origem identificada, sem pai nem mãe de sangue, na sua orfandade, na sua nanogenealogia. Minha mãe continua uma ninguém, uma sem geografia, sem mapa de origem, sem parelha de DNA identificável em cruzamento com nenhuma pessoa até hoje. Única esperança que lhe restitua dignidade é meu processo judicial reivindicando sua adoção legal e, portanto, sua herança. Por enquanto, não encontrei nenhuma marcação de propriedade em nome dela, nenhum pedaço de terra que tenha levado seu nome em escritura de herança, ou seja, que "Laiane do Nascimento Lichthart, de ilustre origem" tenha dado nome a algum povoado ou vila: nenhum Riacho de Laiane, nenhum Brejo de Laiane, nenhuma Chã de Laiane nem Catolé de Laiane. Lugar nenhum.

De modo que, agora, sem dados de genealogia genética, a vida de meus pais está virando quase uma ficção. Por isso, antes que eles não passem de uma miragem, de uma assombração, e para manter concreta, olho por olho e dente por dente, a minha marcha, vou para a última etapa desta visita a Pernambuco: a capital, Imbiribeira.

Corre agora o mês de fevereiro, quase no seu final, para adentrar o infindável março. Fui-me embora de Regalado, o lugar onde nasci, embora por capricho de sonhador mentiroso, de ficcionista sem história, meu pai tenha registrado em minha certidão de nascimento que nasci numa maternidade da capital. Mentira. Peguei o rumo da estrada para a Imbiribeira, meu carro vencendo os poucos quilômetros até a capital como uma flecha em disparada, sem indicação de GPS. Não sou global, não quero que ninguém saiba meu exato posicionamento, não quero sequer que pronunciem meu nome. Só gosto de geografia para saber o quanto estou perdida. Então, optei por um teste de memória neste trecho da viagem, em que fui deixando para trás povoados cujos nomes martelavam na minha cabeça, sem que eu soubesse exatamente onde estavam, se aqui perto ou no alto sertão: Mirueira, Águas do Curral, Riacho das Éguas, Belém do Brejo, Chã do Senhor, Jordão.

Nesta última etapa da marcha que começou na hinterlândia e veio dar neste litoral, na cidade e seus sistemas de dominação construídos contra nós, minha vontade é parar numa beira de praia, descer do carro, abrir os braços e soltar meu urro de fera em trajetória de vingança: "Este é, sim, o meu mar territorial, que tudo isto aqui pertence a eles, meus pais, tudo isto aqui pertence a mim, minha soberania, meu direito aqui e além, herdeira incerta e não sabida!".

O prazo máximo desta minha peregrinação está por acabar, o tempo que me dei para encerrar o levantamento de dados e provas, a verificação, a sistematização do relatório comprobatório para abertura de ação: o prazo máximo é o momento em que esta apuração chegar ao ano-teto do meu próprio nascimento; o prazo máximo de conclusão é 30 de maio, suposto dia do nascimento de minha mãe, conforme certidão em que se lavrou seu sobrenome como Lichthart, mas em que, de resto, só há lacunas. Estamos quase no final de fevereiro deste ano bissexto. Aproxima-se o mês de março, o mais longo dos meses, o mais duro, o ininterrupto março.

Antes de chegar à Mata Sul, onde vou conferir os canaviais de Abel Lichthart, penso em talvez parar no comando naval da Imbiribeira, no porto, procurar um contra-almirante, fazer perguntas de investigação sobre um fuzileiro naval que sentou praça entre 1948 e 1949, ou tanto, se tanto, naquele pós-guerra — meu pai, sim, Cristiano de Tal e Tal, radiotelegrafista que ainda se orgulha de ter sido ele quem dava as notícias certas e verdadeiras, via telegrafia hoje extinta. Quero ver os registros oficiais, os documentos, e, quem sabe, incluir na minha denúncia sobre tudo o que foi tirado do meu pai.

Cinco anos depois de ter chegado menino a Regalado, Cristiano se alistaria para o serviço militar obrigatório. Serviria como fuzileiro naval aqui na Imbiribeira, na capitania dos portos, nos navios que abririam sua cabeça para a grandeza do mundo. Ali aprimorou sua intransigência e disciplina, aprendeu a profissão de radiotelegrafista e adquiriu outras habilidades. Ali calçou seu primeiro par de sapatos, aprendeu a usar terno e gravata, a cozinhar e a fazer "peixe a escabeche", inclusive, como ainda hoje conta, com orgulho. Depois seria dispensado e voltaria cabisbaixo, a contragosto, para Timbó, onde se casaria e se encheria de filhos — arrependido, contrariado por ter perdido o que considera ter sido a maior oportunidade de sua vida, a carreira militar. Passada uma década, aportaria com a família nesta capital, onde renovaria seus sonhos de grandeza alimentando o desejo de tornar-se um dia piloto de avião, não passando, porém, de almoxarife assalariado em aeroportos, colecionador de flâmulas e miniaturas de aeronaves, condenado novamente à baixa renda e à moradia de condição.

Entretanto, evitando alguma comoção, ainda não olhei para o mar daqui, de modo que desisti da empreitada no comando naval. Entrando em direção ao centro, a luminosidade típica da Imbiribeira engolfou meu carro, a claridade ofuscante de um céu todo azul, e com os ventos alísios soprando do mar e envolvendo com sua brisa a planície por todo canto.

Passei pelo centro o mais rapidamente possível, evitando os rios que cheiravam a podre, o Capibaribe, o Beberibe, as pontes que me lembravam o cenário de fim de mundo daquelas eras passadas. Eu nunca soube aonde aquelas pontes levavam e se ligavam o que ao quê. Saí daqui menina, com a impressão, que dura até hoje, de que tudo isto era centro de cidade, tudo era inferno e miséria, lugar de aleijados e indigentes de todo tipo sentados nas pontes a estender suas quengas aos transeuntes, pedindo "uma esmolinha pelo amor de Deus"... Tudo era Centro e extrema pobreza, dos catadores de lixo do cais do Apolo aos vendedores de roletes de cana, caju e milho, nus da cintura para cima, suando como querem que os negros suem, de sol a sol... Ao longo daquelas pontes, minha mãe passava apressada, me carregando pela mão, indo em busca do fustão e da chita que usava para costurar nossos vestidos e saias. Estou meio perdida, sem saber onde vão dar as pontes desta cidade... como se estivesse confusa entre o norte e o sul das *freeways* de Houston, desorientada como sempre fui, com ou sem GPS que me diga para onde devo ir.

Se isto fosse uma história, comportaria todo um trecho de negação das muitas lembranças ruins deste lugar de antigamente... "antigamente", palavra longa, em que tudo cabe, como tudo coube: "Eis ela, esta mulher, Lena, passando ao largo do Ibura onde moravam, ao largo deste bairro da então Imbiribeira provinciana, com seus quintais cheios de dálias, avencas e margaridas. Eis que hoje ela vê de longe a rua da casa onde amolegava mangas maduras e catava seixos no quintal, que ali toda areia era branca como a da praia, e onde ainda despontam as copas de coqueiros, mangueiras e jaqueiras. Ali sua mãe quarava a roupa, estendendo as peças ao sol no terreiro do fundo. Algumas peças levavam um banho de anil, as camisas brancas do pai. Quando chegava de noite, a mãe ia engomar e passar a ferro as camisas brancas e duras daquele quase piloto de avião".

História tristonha, memorialismo insistente, que não me interessa, porque ando me recusando a esse tipo de melancolia das coisas perdidas, as paisagens, os cheiros, a luz da nossa vida suburbana e paupérrima. Não conheço mais ninguém aqui, todos mortos, ou semimortos... Somente uma única lembrança me é cara neste exercício mnemônico: a dos esmoleres que frequentavam aquela rua de terra de nossa infância. Tínhamos verdadeira amizade com aquelas mulheres e aqueles homens que batiam palmas nos portões das casas pedindo esmola. Fiquei apegada a Nina, uma mendiga alta e magra, provavelmente corumba, fugida de uma seca qualquer no sertão.

Quando Nina aparecia na esquina da rua, eu já me aprontava, a esmola em punho, sentada no muro baixo da casa, preparada para oferecer o pouco que minha mãe disponibilizava. Nina gostava de nós, as crianças, e por algum tempo ficava ali conversando, contando histórias suas, de sua vida que nos parecia de carochinha e trancoso. Eram encontros da pobreza com a extrema miséria, encontros dos "humildes" com os humilhados do mundo. Alguns daqueles esmoleres recebiam de nós apelidos característicos: o Homem da Pedra, o Homem do Fio e Maria Doidinha. O primeiro ganhou o nome porque tinha recebido um insulto de alguém na rua e zangou-se, atirando pedras em quem cruzasse seu caminho. O Homem do Fio tinha sido eletrocutado no meio da nossa rua durante um temporal de inverno, quando um fio de eletricidade caiu do poste sobre sua cabeça, e ele morreu. E Maria Doidinha tinha um problema mental, "uma desavergonhada", minha mãe dizia, que a mendiga levantava a saia em público para mostrar suas partes íntimas.

A passagem mais difícil deste meu último trajeto foi circundar o aeroporto, cujo terreno se estende por todo o Ibura, ainda delimitado por seu extenso muro azul-claro e branco, praticamente ladeando nossa casa, os aviões roncando por sobre nossa cabeça o dia todo. Sempre moramos perto de aeroportos, ali onde meu pai quase pilotou um avião. Ele quase foi piloto, e minha mãe quase foi professora normalista. Sou dessa família dos "quase", verdadeiro sobrenome.

Depois do aeroporto, passei ainda pela Vila dos Sargentos, a vila militar onde meu pai passou anos sonhando morar, sem nunca ter conseguido. Era uma vila de casas muito limpa, os quintais sempre varridos, enfeitados de roseiras, romãzeiras e pés de carambola. Tinha umas cem casas, se tanto, todas brancas, de portas e janelas azuis, os telhados de telhas inglesas se destacando na paisagem. Ali ficava a casa da minha amiga de escola, Libânia, de cuja cara eu me lembro até hoje. Se isto fosse uma história, estaria aqui descrita a cena pitoresca, biográfica e inútil: "E era na casa de Libânia que ela comia biscoitos e bolachas sempre novíssimos, crocantes, de uma lata toda cheia de desenhos de flores, que a mãe de Libânia tirava do guarda-comida, uma casa de gente rica, segundo o rudimentar ponto de vista de menina como ela, que por vezes não tinha o que comer em casa". E ponto-final.

Antes de entrar na praia da Viagem, onde vou encontrar Betina, evitei o prédio da escola, ainda de pé e funcionando. Também não olhei para a igreja de minha mãe, na mesma rua, mas não me furtei a reparar no local em que, na nossa época, ficava o quarto de pensão onde vivia minha tia Irene, bem diante da rua da Linha, por onde passavam os trilhos do trem, muito perto da Estação da Viagem. Irene tinha vindo de Regalado para a Imbiribeira na mesma época que meus pais, em busca de trabalho, que fora demitida da Companhia de Tecidos Lundvotorim por ser crente. Solteira, morava só e cheirava sempre a seiva de alfazema, aroma que, de resto, perfumava a gente da minha infância. Pois eu só desejaria que isto fosse uma história para contar a vida de Irene, a mais infeliz das mulheres que já conheci. Houve um tempo em que ela passou a morar no lugar chamado Maruim, à beira do mangue. Toda vez que ela nos visitava e ia embora, eu tinha pena. Eu me perguntava como alguém conseguia morar naquele enxame de mosquitos, o Maruim, como se eu sentisse na pele as picadas dolorosas que minha tia devia sofrer por lá, os comichões, a ardência. Em outra época, Irene foi trabalhar como empregada lavadeira num casarão de ricos bem na beira da praia da Viagem. Vivia num quartinho nos fundos da casa verde-água, de muros baixos (me lembro como se fosse ontem). Ali nós a visitávamos depois dos banhos de mar, comíamos lanches deliciosos e desfrutávamos daquela sua dedicação toda carinhosa aos sobrinhos postiços. A mais infeliz das mulheres que conheci nunca se recuperou emocionalmente da perda do homem amado, que a deixou para ir trabalhar na Transamazônica e não deu mais notícias, nunca mais voltou. Havia tempos Irene tinha deixado de ser crente de igreja, que escolhera viver com seu amante, fora das regras dos evangelhos, livre, no puro amor de mulher que fazia sexo no embalo da rede do quartinho de pensão onde morava. Um dia flagrei Irene quase nua no colo de seu amante. Esse traço de Irene, autônoma e independente, solta no mundo, me inspiraria para o resto da vida. Quando o homem dela sumiu, eis que a mulher abandonada viveu muito tempo deprimida, ouvindo em seu rádio baladas românticas de Orlando Silva e Nelson Gonçalves, as quais costumava cantarolar chorando. Fiz muito pouco por Irene na vida, minha culpa, minha máxima culpa. Depois de velha, voltou para Regalado, onde vive hoje.

Encontrei Betina na praia da Viagem, ela cheia de mapas antiquíssimos e marcações geográficas de inteligência artificial indicando localizações que remetiam à presença holandesa nestas terras, muito estimulada pela história do meu pai, pela minha pesquisa. Quis visitar o local exato onde fora construído e destruído, em tempos extintos, o forte Waerdenburch, embora não haja ruínas visíveis ou vestígios físicos dele. Ela falou das novas descobertas que lhe interessavam sobre o período flamengo da Imbiribeira maurícia. Betina, com seu entusiasmo quase juvenil pela historiografia e pela geografia de séculos tão remotos e terras estrangeiras como esta, desperta em mim sensibilidades e sensualidades de todo tipo, não bastasse já estarmos neste ambiente do mar, elemento de espuma, de ressaca e ondas que me compõem como compõem as marés. Sempre sofri influência das marés vivas, movimento favorável a envolvimentos amorosos meus, maré-cheia, novilúnio poético, como se eu fosse o próprio mangue alagadiço e escuro, a matéria orgânica, a mistura de sal e lama doce.

Sempre fui atraída pelo mangue, de onde saíam os caranguejos e guaiamuns que serviam muito bem para matar nossa fome em horas de comida escassa. Sou do extrativismo de mariscos e crustáceos de todo tipo, do siri à unha-de-velho, do sururu ao aratu. Admiro desde menina o azulado dos guaiamuns, o sabor dessa iguaria cevada em casa ou catada na natureza, nos buracos profundos que habitam, as tocas apertadas de onde só saem nas primeiras águas do inverno, nas trovoadas, quando, gordas, as fêmeas ficam vagando ao atá, providenciando a desova.

Se isto fosse uma história, o guaiamum talvez fosse eu mesma, a casca dura ancestral, personagem estranha, atolada num manguezal, entocada como indígena isolado, vagando por aí, atabalhoada e cheia de cortes nos dedos, cheia de termos obsoletos de vocabulário impresso ultrapassado, palavreado organizado para dicionarizar uma vida invisível. Seria a história desta mulher de antigamente, que só gosta de peixes do mar, que se lembra muito bem da mãe comprando cordas de caranguejos vivos e tainhas, corvinas e ciobas no Mercado Central da Imbiribeira.

— A quanto sai a cioba, meu senhor? — A voz da mãe impunha-se em meio ao alarido dos comerciantes na podridão daquele mercado, de onde se avistavam mastros de grandes navios trafegando no porto ali perto, o cheiro de maresia exalando por todo canto.

Em certos momentos, diante de Betina Eckout, mulher estrangeira de trajetória de vida tão diferente da minha, tenho vergonha desse passado afundado na lama. Em outros momentos, admito que a presença dela nesta minha empreitada alegra e alivia, reavivando meu fascínio de criança pelo estrangeiro, ela que personifica de certo modo o carma que herdei, originado na frustração de meu pai por sua condição de bastardo, sua ilegitimidade forçada, o sobrenome negado a ele e sua posterior mentira de que, em verdade, teria nascido na Holanda, nos Países Baixos.

Betina quis fazer nova visita ao forte das Cinco Pontas, construído na mesma época daquele que ruiu, remanescente mais conhecido da ocupação holandesa na cidade, e que ela já conhecia, de visita anterior. Mais do que eu, ela sabia a história antiga do lugar, de séculos a perder de vista. Tinha pesquisado o curso de rios hoje aterrados, canalizados como o Afogados e o Jordão (este último, nome tão bíblico, que sempre evocava em mim a pregação dos pastores da igreja de minha mãe). Betina me mostrou pinturas daqueles tempos, óleos sobre telas dos artistas das grandes navegações, seus compatriotas que por aqui passaram registrando gentes e paisagens. Leu trechos de textos que tinha encontrado sobre a Imbiribeira e a remota origem desta praia da Viagem, quando o lugar, do pontal do Pina à povoação das Candeias, não passava de uma estação de banhos salgados, repleta de casas de palha em meio ao denso coqueiral.

Por último, Betina quis ir a Afogados e ao morro dos Guararapes. Ela também lera que a povoação regular dos Afogados, um aglomerado de casas de arquitetura flamenga, datava da ocupação dos holandeses, de quando estes tomaram de assalto uma fortificação no local onde então passava o rio dos Afogados.

— Você sabia? — ela perguntou, ao que respondi que nunca tinha ouvido falar daquilo, nem visto construção nenhuma, que Afogados para mim tinha sido apenas um nome sinistro de infância, que metia medo, como outros tantos nomes de lugares, Encruzilhada, Maruim, Cruz Cabugá, Cruz de Rebouças, sem que eu soubesse por que exatamente. Que Afogados talvez me lembrasse mesmo gente morta, mas que era apenas um bairro onde havia uma feira de rua muito grande e agitada, que minha mãe costumava frequentar e para onde nos levava com ela. E que os lugares que se chamavam Cruz evocavam sempre a terrível história da igreja de minha mãe sobre o homem crucificado, sangrando, traído por alguém que tinha lavado as mãos.

— Pois, então — Betina acrescentou —, o que eu descobri é que a denominação Afogados se deve ao rio que corria ali, que se chamava antes rio dos Cedros e que ficou assim conhecido porque, quando a maré enchia, aquele curso d'água ficava furioso, afogando muita gente que tentava atravessá-lo, principalmente escravizados negros fugidos. Você sabia?

O que aconteceu depois é que Betina me acompanhou até a Mata Sul, assim poderia visitar e fotografar no caminho o morro dos Guararapes, onde se deram as batalhas de sua gente contra os colonizadores do reino de Miragaia. Muitos desses registros da antiguidade deste lugar não me interessam de fato, mas funcionam como um intervalo de fantasia à realidade como ela é e como preciso ainda enfrentá-la hoje. A Mata Sul, ou Mata Úmida, ou Mata Meridional, é o último ponto do meu plano de viagem. Aqui se encontram os extensos canaviais de Abel Lichthart e seus herdeiros, atualmente arrendados a usineiros da região, fonte de renda e de lucro fácil, capital, vida mansa do meu tio adotivo. Trago comigo as escrituras dessas propriedades. Vim verificar de perto o monolitismo, o privilégio que há mais de cinco séculos domina nesta área.

Álvaro já tinha me alertado, quando me enviou as ortofotocartas, para a monocultura concentradora de renda, excludente, de manutenção barata, de mão de obra barata como barato foi meu pai para as fábricas de antigamente. Álvaro tinha mencionado a base econômica agrária latifundiária, o baixo índice de desenvolvimento humano, os dados da desigualdade, dos persistentes bolsões de pobreza, da extrema riqueza de uns e da miséria de outros. Tive a impressão de que Álvaro se emocionou falando comigo sobre isso, como eu mesma me emocionei ao avistar as folhas cortantes dos canaviais deitando ali com o vento, açoitando umas às outras como se fossem gente, como se fosse no meu próprio braço de menina que correu tanto por dentro de plantações de cana como aquelas, brincando como se estivesse num parque de diversões.

As placas indicatórias de cidades na estrada misturavam-se, muito reais, às narrativas da historiografia de devaneios que parecia ser a fala de Betina. Todos aqueles lugares já tinham povoado meus ouvidos em algum momento da minha vida: Catende, Água Preta, Chã Grande, Maraial, Escada, Primavera, Quipapá, Xexéu, Belém de Maria.

Na viagem de volta, Betina me perguntou por que meus pais saíram daqui para o sul do país, por que não quiseram tentar a vida aqui mesmo, se já tinham vindo do interior para uma cidade como esta Imbiribeira. Expliquei os motivos do êxodo, da expulsão das populações pobres que deixavam os interiores fugindo da seca, da fome, da falta de terra, das condições sub-humanas do trabalho rural, mas também, em núcleos urbanos como esta Imbiribeira daquela época, da falta de trabalho e condições de sobrevivência digna.

— No caso específico do meu pai — respondi —, havia nele uma atração irrefreável pelas luzes da grande cidade do sul, alimentada não apenas por notícias de gente que já tinha ido embora e se estabelecido por lá, como também, e principalmente, eu diria, pela propaganda e pelo apelo psicológico que faziam na época os meios de comunicação, apresentando a grande metrópole como o centro da produção de tudo, de todas as oportunidades de melhoria de vida. A percepção do meu pai foi esta, ele que via na imigração a única chance de se redimir do que sentia ter sido seu fracasso pessoal até então. Nada barraria esse desejo dele, nem Regalado, nem Imbiribeira, que ele mesmo julgava na época como lugares subdesenvolvidos, acanhados, provincianos, dos quais ele tinha certa raiva, porque o expulsaram doente e mutilado, sem chance de se reerguer. Então, saiu daqui atraído pela magia exercida pela grande cidade do sul, considerada uma espécie de paraíso dos deslocados, dos enormes contingentes humanos de desagregados, dos que sofreriam a degeneração e a perda de suas origens, de suas famílias e de seus nomes. No ano em que meus pais deixaram para trás esta Imbiribeira que nada lhes deu e rumaram para o sul, quase um terço da população do país residia fora dos municípios de nascimento, mais de trinta milhões, segundo o Censo oficial, com previsão de que esse número seria o dobro nos trinta anos seguintes.

Entrar em contato com esses dados ainda me faz mal. Mas eu não disse isso a Betina. Fiquei calada remoendo meu inquérito: estariam Cristiano e Laiane incluídos nessa contabilidade oficial dos expulsos? Ou nem mesmo isso? Por acaso alguém lhes perguntou de onde vinham e para onde iam? Por acaso alguém, em sã consciência, estaria interessado nisso? Computaram, por exemplo, a primeira migração deles, do nada para lugar nenhum? Ou teriam contabilizado suas existências irrelevantes apenas nas grandes levas, no ápice das migrações interestaduais dos deslocados rumo ao sul? Também eu estava ali, meus irmãos e eu, dali por diante tidos como interestaduais, não naturais, pertencentes a lugar nenhum. Ninguém perguntou nosso nome, nem quis saber de nosso destino. Estaríamos todos arrolados em alguma contagem invisível? Em que contagem de números negativos lançaram nossa inexistência?

Na minha volta para a praia da Viagem, no exato e surreal dia 29 de fevereiro deste ano bissexto, recebi a notícia da morte de meu pai, morte súbita, numa crise de falta de ar ("insuficiência respiratória", rezaria a certidão de óbito). Estava morto Cristiano da Assunção Dias, antes de ver a justiça feita, antes da tramitação prioritária de seu processo, antes do tribunal, do trânsito em julgado. Tinha morrido aquele ateu, ovelha do rebanho tido como infiel e pecador, ele que nunca seguira a crença protestante de sua esposa, nem nenhuma outra. Morreu sem ter recebido a devida indenização, o devido dinheiro e o justo quinhão que lhe roubaram já na hora mesma do nascimento: seu nome. Avisaram-me sobre o enterro, que será amanhã, mas decidi não ir. E não chorei. Até agora não chorei. O que senti foi um arrepio de frio, um choque térmico e um baque, como se camadas inteiras se desprendessem inesperadamente das mais altas extremidades de uma geleira... gigatoneladas e mais gigatoneladas de gelo perdidos para o derretimento que haverá de elevar fatalmente um dia o nível dos mares, decretando o fim do mundo.

Foi como um recuo glacial o meu sentimento, como uma pancada surda da calota de gelo desabando. Não sei por que não chorei, confortada pelo abraço de Betina. Não foi pela lembrança da brutalidade do meu pai, dos cascudos e puxavantes que, mesmo com aquela mão mutilada, ele acertava em nossa cabeça — foi, antes, isso sim, talvez, porque Cristiano nunca demonstrou orgulho nenhum de que seus filhos e filhas tivessem superado um tanto de sua condição de pobreza, pelo contrário, nutriu a vida toda uma relação de competição com eles, de despeito e algum desdém.

Não falei muito com minha família, agora órfã de pai, apenas perguntei a meus irmãos se Cristiano tinha sangrado, para além da falta de ar, do ataque da asma mortal.

— Ele sangrou? — perguntei. Mas não obtive resposta. Certamente acharam a pergunta sem sentido nenhum.

Conversei mais longamente com minha mãe, que me pareceu conformada e sem remorsos. Comentei com ela que preferia não ir ao enterro.

— Não venha. Fique aí — ela concordou. — Não tem necessidade de vir. Seu pai nem ia gostar de tanta gente em volta — concluiu, como quem havia tempo desejava livrar-se daquele fardo de homem mentiroso e despeitado, que tinha feito a vida dela andar para trás, a passos de caranguejo, ela reclamava.

Tudo silêncio por aqui e por lá. "A história é implacável", lembrei dessa frase que li em certa literatura sobre os destinos da fábrica de tecidos CTL: "A história é implacável. O império Lundvotorim ruiu. As portas fecharam. As chaminés apagaram. Os apitos de troca de turno calaram. Os coronéis passaram". Meu pai, no entanto, Cristiano da Assunção Dias, só não passou e só não morrerá de todo esquecido — como seu provável parente distante, o militar e suposto herói preto Henrique Dias — porque aqui estou eu, que numerei sua biografia em páginas de processo judicial, tudo registrado em números positivos e reais, ele, seu nome subtraído, seu aleijão e sua doença pulmonar.

Somente este meu esforço falará por ele, que o transceptor Morse acabou de encerrar suas atividades para sempre, suas reuniões secretas na calada da noite, suas transmissões para além-mar, proclamando, em criptografia obsoleta, seus sufocados ideais de revolta, liberdade e riqueza: dit-dah-dit-dah... Emudeceu o transceptor de antiquíssimo telegrafista, como um coração parando de bater: bib-bip-bip-bibbip-bi-biiiii...

Lembrei de Cristiano chorando para as filhas pequenas, narrando suas aventuras de menino pastor de cabras maltratado pelo pai, chicoteado por Malaquias, sem o acalanto de uma mãe, Cristiano quase ficcionista nos detalhes, engolindo os soluços involuntários, as lágrimas correndo soltas, a cara desfeita, arrasada, formando rugas e fendas surpreendentes... Ele teria sangrado pelas costas cheias de laivos das surras? Seria um jesus? Essas eram as minhas perguntas de menina. A lembrança daquela cena antiga é que me fez chorar, então, a morte do homem duro, e me deu uma tristeza profunda, uma pena daquele pai inadequado, ofendido pela vida.

Morto Cristiano Dias, tão extinto quanto a fortificação que levava seu nome estrangeiro e que ele só conhecera nos livros, e que teria sido sua, como teria sido sua a ascendência holandesa que ele divulgava por todo canto, desacreditado, porém, chamado de mentiroso dada sua pele escura herdada do pai negro, Malaquias Dias, e do avô africano escravizado, embora o nariz fosse afilado e os olhos puxassem para um amendoado-claro dos europeus. Só lhe restou o Tal e Tal do colonizador português, o da Assunção Dias que não lhe dera patente nenhuma, herança nenhuma, justiça nenhuma, e que pouco lhe interessava, nome comum, originário de um tal reino de Miragaia, nome vulgar que se alastrara país afora desde cinco séculos atrás, desde a fundação de Igarassu. Sua questão era outra: era o nome da mãe morta, van Waerdenburch, mãe nunca vista, nunca registrada em documento seu, o nome proibido, a herança usurpada, o dano infligido.

Morreu Cristiano Dias, nunca chamado van Waerdenburch como deveria, ele que sufocava a consciência trágica das perdas e da expulsão de que sempre fora vítima, morreu nas efêmeras vinte e quatro horas acrescentadas ao mês de fevereiro bissexto, o dia 29, de modo tal que se conclua a medida correta do tempo total de um ano do calendário deste Ocidente, de modo tal irônico e condizente com a existência rarefeita e fragmentada daquele homem para quem não haveria jamais celebração de finados registrada na data correta, nem legitimidade materna, nem nada. Morreu corsário impotente ante a fragilidade de sua barcaça de varas, de sua humilde jangada de vela rota, piloto sem brevê a bordo de um teco-teco sem leme.

Morreu aquele que não foi comandante nem mestre de campo do terço dos homens pretos, conforme gostaria de ter sido, morreu sem receber patente nem menção nenhuma pelos serviços prestados nas pelejas contra os inimigos nas batalhas de restauração, como gostaria que tivesse sido e como foi com Henrique Dias. Morreu admirando e almejando o que nunca conseguiu: ser mártir condecorado de alguma guerra, ou mesmo ordenança de algum Batalhão Novo de Henriques, de alguma Companhia de Nobres e de Familiares, de alguma Cavalaria de Guarda ou dos Fronteiros Brancos, dos Corpos de Conquista ou dos Corpos de Entradas e Saídas. Nada! E só não morrerá como ninguém porque está aqui esta sua filha, esta sua sucessora na causa.

Cá estou eu e o meu direito de ação, reclamante do falecido — eu que não admito em nenhuma hipótese que pronunciem meu nome. Não pronunciem meu nome! Sou herdeira agora sabida, sucessora habilitada, vítima filha da vítima, dando continuidade aos procedimentos de reivindicação por indenizações totais. Eu disse "totais", patrimoniais totais! Vim pleitear todos os direitos, as verbas rescisórias, salários atrasados, horas extras, insalubridade nunca paga pelo aleijão e pela asma crônica — eis a minha vingança, a minha investida de bicho, de baleia ferida em busca alucinada pelo arpão que lhe atravessou o corpo.

Minha corrida contra o tempo, contra mim mesma, encerra-se aqui nesta Imbiribeira onde estão entregues todos os documentos e instaurados os processos. Antes que tudo acabe, antes que eu me danasse na vida sem nem mesmo um registro, uma memória, uma justiça feita, vim concluir o que prometi a mim mesma, por uma questão de honra. Cumpri à risca o cronograma da minha marcha, fiz cópia digital e impressa da minha bricolagem de lacunas e rasuras, agora vou visitar minha mãe, levar os resultados que obtive até hoje, vou antes do 30 de maio, suposto dia do nascimento dela.

Sei que minha própria vida é um insistente jogo de luz e sombra, como se eu fosse nascida de uma conjunção ruim de astros, uma oposição, uma retrogradação qualquer nefasta de algum planeta, me disse um dia uma cigana, Saturno encobrindo com sua sombra o sol do meu nascimento como uma provação que exige muito esforço e perseverança. Sei disso.

Migração de retorno

Se houvesse, sobre a vida de meus pais, registros preservados, parentescos comprovados, sequência linear de fatos, e eu, por acaso, fosse uma ficcionista, teria talvez me metido a escrever a biografia deles, a compor um enredo com início, meio e fim, com precisão e capricho, como uma menina treinando caligrafia, aplicando-se a um trabalho escolar de primeiras letras. Seria texto escrito no vocabulário das nomenclaturas inventadas, ásperas, impiedosas, a partir de outro abecedário, outro código, nos rudimentos de soletração que minha mãe ensinava aos meninos e meninas dos tempos antigos, o BÊ-A-BÁ, o Á-BÊ-CÊ do sertão, em que o éle é lê, de "Laiane", o ême é mê, de "mãe", o êne é nê, de "nascimento".

Estariam selecionados os termos — uma vez que não dicionarizaram a história deles — capazes de expressar os dramas de origem, as injustiças e as fatalidades daquilo que seria um épico das ausências, das lacunas, dos lapsos de tempo para sempre vazios, uma vez que meus pais são daqueles contingentes humanos que se perderam, que passaram a vida inexistentes, não somados às contagens oficiais, e que nunca mais voltariam.

A narradora, em primeira pessoa, para não haver dúvidas, contaria a trajetória de uma mulher vulgar, de nome Bárbara Maria da Pobreza, ou Maria-já-é-dia, ou Maria Farinha, ou Maricota, qualquer dessas homônimas, quadruplicadas em nome comum, de gente irrelevante. Entretanto, a protagonista seria uma mãe-fundadora, sem linhagem reconhecida, sem vínculos de origem, nascida na extrema calamidade da fome dos anos 1930, no sertão de pedras, de ferro e fogo, mas que, a despeito de ter sido ela mesma doada de porta em porta, não doou nenhum de seus filhos. E esses filhos, que cresceriam sem nenhuma herança material a receber, teriam porém todo o alimento para não padecer, tudo o que ela podia e não podia dar, da xícara de arroz e de farinha à corda de caranguejos vivos e à chita das saias, da indulgência para com a teimosia de suas crias à proteção de seu colo, ainda que curvado pelas dores lombares.

O texto seria, portanto, uma ficção que reinventasse do nada a vida de minha mãe, que criasse e lavrasse registros e certidões hoje inalcançáveis, e que providenciasse para ela o que seria seu de direito, um novíssimo testamento que corrigisse a defeituosa crônica de nossa vida, a genealogia da nossa deformação. Seria uma recriação com base na dicção dos meus avós, antiga, correta e dura, uma comunicação cheia de significado e conteúdo informativo, embora, de início, não fosse se parecer com isso, embora minha escolha fosse optar, em verdade, por uma expressão que começasse em linguagem oral, só depois transcrita de algum código animal, o alfabeto fonético das cachalotes, das baleias-mães enviando em codas, das profundezas do mar, mensagens e cânticos para os filhotes que as aguardam na superfície, à espera do alimento que lá no fundo elas foram buscar. Sim, seria um sistema de vocalizações de animais, sim, onomatopeias a serem transliteradas depois, porque primeiro eu precisaria muito gritar, soltar urros de fera arpoada, guinchos, cliques e tique-taques de frequência altíssima, para que fossem ouvidos por todo canto, em terra e em mar.

Primeiro de tudo, eu precisaria emitir um uivo, porque foi isso o que aconteceu na minha vida real, nesta vida tão real, no dia mesmo da morte de minha mãe, há pouco tempo. Pois como escrever, descrever, transcrever a morte de uma mãe? Como, senão em murmúrios de dor, mugidos de bezerro apartado, berros de cria perdida? Como dizer o que se sente, senão em tartamudeio de gagos como eu? Passados pouco mais de dois anos da morte de meu pai, morreu minha mãe, faz pouco tempo.

Neste ínterim, intervalo de tempo entre não sei que dois fatos, entre não sei que dois momentos distintos, entre não sei que vácuos no calendário, minha mãe morreu, num dia 7 de abril, mês de Marte, mês de morte, diziam as previsões, os planetas todos retrogradados em oposições drásticas, nos piores presságios. Eu estava na Imbiribeira, chamada para uma audiência nos processos judiciais, e bem que notei que naquele dia soprava um vento de mau agouro na praia da Viagem, açoitando a cabeleira dos coqueiros, a palha deitando-se para o lado como quem pede socorro, como quem manda um SOS.

Avisada do acidente com minha mãe, fui imediatamente pegar o primeiro voo até a metrópole do sul onde tínhamos nos encontrado muito recentemente e passado vários dias juntas. Cheguei a tempo de vê-la ainda consciente, viva. Não sei por que ela morreu, se ainda virou a cabeça para mim no leito de hospital e respondeu "sim", que estava me vendo.

Não sei por que ela morreu. Por que ela morreu se ainda virou a cabeça na minha direção e respondeu "sim" à minha pergunta? Por quê!? Naquele momento do meu trauma, eu sabia que devia chorar menos, lamentar menos, doer menos, porque minha mãe queria mesmo era ir embora desta vida que ela andava achando péssima, que Deus a levasse deste mundo, dizia, que tinha cansado das dores nas costas, cheia de inconformismos com a idade avançada.

Eu devia ter levado minha mãe para Houston, para curá-la de todos os males na cidade-fármaco imortal. Eu disse isso a Álvaro por telefone, chorando como uma menina inconsolável.

— Eu devia ter levado minha mãe até aí! — solucei, por segundos inteiros. — A culpa é minha! Por que você não me sugeriu isso? Fui negligente com ela. Aí eles teriam o remédio certo, a terapia, a cirurgia, o que fosse — a fala entrecortada por mais soluços. — Por que não pensei nisso, não vendi meu carro, juntei o dinheiro e propus isso a ela bem antes? — perguntei a ele, no meu arrependimento patético, pedindo que, por favor, me respondesse por que não fiz aquilo. — Ela podia ter melhorado muito, não poderia, Álvaro? — E desabei de novo no choro convulsivo.

Um inferno. A morte de minha mãe me atirou num inferno de culpa, de raiva e saudade inconformada. Álvaro não soube direito como me consolar. Acho que disse para eu não me torturar, que minha mãe fora embora rápido como tinha desejado, coisa assim.

Mas nada me convence de que o certo não tivesse sido levar minha mãe ao Centro Médico de Houston, a cidade-saúde e suas técnicas de imortalidade, seus tratamentos com as mais avançadas tecnologias médicas, suas dezenas de instalações clínicas de atendimento a todas as doenças, hospitais, centros de farmácia, enfermagem, institutos de pesquisa em ciência básica e translacional. Com certeza aliviariam o sofrimento da paciente minha mãe. Que inferno. Eu devia ter morrido aos sete anos de idade, assim não teria perdido minha mãe nesta minha vida de luz e sombra.

[A quem interessar possa, minha mãe morreu nesse ínterim. Mas a quem interessa? Quem, em sã consciência, se interessa pela morte de minha mãe?]

Infelizmente isto não é uma história, e eu não tenho o que contar senão que, com essa morte, nossa genealogia rarefeita se esfarelou de uma vez por todas, tornou-se nas cinzas de minha mãe. Não tenho o que contar, senão que, no dia mesmo em que fui atirar parte das cinzas dela no seu território preferido, as piscinas rasas e de água morna que se formam para cá dos arrecifes na água verde da praia da Viagem, o mar estava agitado, como se chorasse tanto quanto eu. Nuvens cúmulos-nimbos, de interior caótico, tinham se formado, prenunciando a tempestade daquele momento. Chovia forte na hora, e a água doce da chuva crivava de rajadas de pingos volumosos, na ventania ensandecida, o sal grosso das ondas em ressaca, elas que se dobravam umas sobre as outras e sobre si mesmas até arrebentarem, fustigando a areia e logo virando espuma branca.

Não tenho o que contar, senão que mãe são as águas do mundo, para além das correntes e dos rios que desemboquem no mar furioso, mãe são todas as nascentes. Corri todos os riscos naquele ritual de devolver ao mar as cinzas de minha mãe, procurei tubarões agressivos, baleias-mães gigantescas, cachalotes zelosas de seus filhotes, grandes animais que revolvessem aquelas águas ainda mais, com seus ataques, seus saltos que movimentassem gigatoneladas e mais gigatoneladas de água desabadas das geleiras do fim do mundo. Pois eu desejei que toda erosão de encostas, de montanhas e desfiladeiros elevasse fatalmente o nível do mar ali mesmo, que o oceano inundasse definitivamente a costa, os continentes, engolisse tudo, como draga incontida, arrasando, devastando tudo de vez.

Quando minha mãe morreu, meu caminho pelo mundo me pareceu o mais penoso dos trajetos, como se eu, a partir de então, tivesse que romper, por entre ilhas de lama de matéria orgânica, a escuridão das águas do mangue, os pântanos, enfrentando tempestades ciclônicas.

Não tenho o que contar senão deixar registrados meus uivos, meus soluços de órfã desamparada. O mar castigava então o mundo, sob o estrondo das trovoadas, como eu gostaria de poder fazer naquele momento, como eu roguei ao deus de minha mãe que eu também fizesse, de modo que eu não sucumbisse à tormenta, de modo que eu conseguisse uma vingança qualquer, cachalote juntando suas últimas forças, numa esteira de espuma e sangue, arremetendo contra um casco qualquer de qualquer barco desavisado, de qualquer navio assassino... Ou deveria eu me refugiar numa toca, feito guaiamum escondendo-se das ameaças deste mundo de insídia?

Eu deveria ter morrido aos sete anos de idade, para não ter perdido minha mãe nesta vida real. Aos sete anos, quando eu certamente ainda acreditaria em céu como o destino dos mortos, e em manjedoura como a origem dos nascidos flagelados, injustiçados como aquela menina-jesus. Quando eu, certamente, na minha meninice crédula, ainda acharia que, em algum lugar como a Nasa, uma contagem regressiva [5, 4, 3, 2, 1...], em código Morse, faria subir aos céus, em disparada, um foguete levando minha mãe, como tinha levado a pobre da cachorra Laika, que nunca mais voltou. "Adeus, para nunca mais!" Quando, certamente, eu devia acreditar que estaria minha mãe, então, lá no céu azul, olhando e me vendo e me protegendo como pensam as meninas pequenas.

Não tenho o que contar, senão que, quando minha mãe morreu, eu regredi para uma criancice sem precedentes, e fiquei fazendo a mim mesma uma série de perguntas infantis: estaria ela saltitante, numa nuvem de algodão-doce, como fizeram os astronautas felizes, na primeira alunissagem na Lua? Ou teria ela reencarnado em Almas, Canaã, Jericó, aqueles lugares de nomes bíblicos do sertão por onde ela andou? Teria ela, quem sabe, feito a travessia do rio Jordão, curso d'água antigo daquela Imbiribeira, hoje aterrado, soterrado sob o asfalto grosseiro da cidade? Estaria ela igualmente sepultada no túmulo daquele rio? Teria ela "deixado sua residência terrena para habitar o paraíso", como afirmaram os pastores da igreja no seu velório?

Não sei por que minha mãe morreu, uma mãe que povoa territórios, ocupa desertos, sertões, rios, mares, cidades, arrabaldes, feiras e pontes. Passei dias nessa alucinação insone, como um lobo ladrando solitário no meio do nada, chamando com seu eco outro bicho igual a ele, outra mãe. Fiquei noites inteiras alerta, vigiando não sei que trincheiras, de não sei qual guerra, questionando as madrugadas, os dias-seguintes, falando sozinha:

— O que devo ser a partir de hoje? Alguém me entenderá? Você conheceu minha mãe? Você me conhece?

Regredi barbaramente para os tempos em que eu decorava e recitava na escola poemas de filhas perdidas, de madrastas maléficas e reis insensíveis. Como criança escolar, perguntei-me que pérfido rei de Miragaia atirou minha mãe ao mar, ordenando, como numa brincadeira de mau gosto, que as sereias a fossem lá buscar. As sereias foram, mas desobedeceram ao rei, não voltaram, não trouxeram minha mãe, e viraram espuma das ondas do mar. Este o castigo. O poema era este, da "Balada do rei das sereias", que eu lia e relia na escola da praia da Viagem, admirando aquele poeta Manuel Bandeira, comovida pela filha que se perdera mar adentro, e assombrada pela tirania do rei cruel:

"O rei atirou/ Sua filha ao mar/ E disse às sereias:/ — Ide-a lá buscar,/ Que se a não trouxerdes/ Virareis espuma/ Das ondas do mar!// Foram as sereias.../ Quem as viu voltar?.../ Não voltaram nunca!/ Viraram espuma/ Das ondas do mar."

"Adeus para nunca mais!", dizia o outro poema que eu sabia de cor: "Adeus para nunca mais!".

O que me tortura é não ter feito todas as perguntas a minha mãe. Eu só queria ter tido umas horas a mais com ela. E perguntaria tudo. E saberia tudo.

— Quando eu nasci, como foi?... Como foi mesmo? Pode contar de novo como foi o momento do meu nascimento? — eis o que eu gostaria de ouvir mais uma vez, antes que ela desaparecesse deste mundo. — Hein, mãe. Quando foi que eu disse "mamãe" pela primeira vez? Você gostou do meu balbucio de bebê? Ficou feliz? Você se lembra da minha cara de menina pequena? Guardou essa imagem na cabeça? Você se lembra da sua própria cara de menina? A coisa que eu mais gostaria de ver é uma fotografia sua de criança. Não existe, não é? Nunca tiraram uma única fotografia sua em criança?

Fiquei nessa insanidade por vários dias, nesse questionário que chamarão de piegas. Pois que se danem. Não devo nada a ninguém. Se isto fosse uma história e eu fosse uma ficcionista, trataria, sim, da minha espantosa orfandade, e uma das personagens seria uma mulher se afogando no próprio choro, com toda a verossimilhança, com toda a dor que há no choro de uma mulher que perdeu a mãe. Que se danem. Que me chamem de qualquer nome feio, que me atirem insultos e xingamentos.

Mas não tenho o que contar, senão que, quando minha mãe morreu, aconteceu que até mesmo minha gagueira de infância voltou, como se eu tivesse passado por uma mutação, uma alteração anatômica que me tolheu a fluência da fala. Durante alguns dias só emiti sopros, como um macaco a quem insistiam que tentasse falar. Álvaro tinha me contado essa história muito antes, de que, em 1947, um macaco falou pela primeira vez. O macaco disse "mamãe", experimento comprovado e publicado com detalhes em revista científica. Depois de dois anos de treinos, ainda que como gago, soltando aos tropicões sons guturais que formaram, sim, a palavra "mahmah", "mama", "mamãe", aquele macaco convenceu os cientistas de que tinha falado, provando que nossos ancestrais comuns, os chimpanzés, já tinham cérebro equipado com alguns elementos necessários à fala.

Quando minha mãe morreu, portanto, regredi ao ancestral comum, o macaco capaz de produzir o mesmo padrão de sons que a humana eu, alarmada, na linguagem dos gagos, aos tropicões, de topada em topada, chorando como um bebê. Regredi à condição dos orangotangos de zoológico, que aprenderam a imitar o apito de um zelador, retrocedi ao estágio de pios de passarinha vulgar. Incrédula e tartamuda, quis perguntar aos psicólogos evolucionistas, que estudam a fala de macacos, o que fazer para me curar da minha mais recente disfluência, para me expressar novamente como a grande primata evoluída que achei que eu fosse. Como!?

Pensei em perguntar aos antropólogos, aos sociólogos, aos estudiosos da longevidade, das expectativas e estimativas de vida: quanto tempo, em média, uma filha vive com a mãe até a morte desta? Quanto tempo, em média e normalmente? Cinquenta? Sessenta ou mais? É bastante tempo. De modo que, mesmo quando se estende por décadas essa convivência filha-mãe, mesmo que seja tão extensa essa longação, que dure tanto, a separação entre elas será sempre como a de uma cria recém-nascida, apartada da vaca-mãe, da cabra-mãe, da baleia-mãe — quer dizer, de uma crueldade inadmissível.

Então, "mamãe", eu diria, convocando minha mãe agora, já que certamente ela, salva lá no Paraíso, e tendo recebido o dom e a graça de entender todas as línguas do mundo — da minha gagueira em nheengatu ao meu holandês perdido e ao meu iorubá da alta antiguidade de origem —, no profundo aprendizado em que jazem mortos como ela, como se fossem máquinas superinteligentes, assim eu a convocaria, antes que eu adentre sozinha, sem ela, no alongamento, no prolongamento dos anos desta vida real.

— Mamãe, então, até as baleias conversam com seus filhotes, como eu te disse uma vez. Isso já foi provado. E depois descobriram que até os macacos dizem "mamãe". Não é incrível? Então, isso não dá vontade de chorar?

Não sei por que minha mãe morreu. Não poderia ter resistido um pouco mais, por nós? Eis o meu egoísmo: que minha mãe pudesse ter tido a mesma longevidade do maior iceberg do mundo, que os glaciólogos do Laboratório de Propulsão a Jato da Nasa dizem que se recusa a morrer, que não derrete, não descongela, que se encontra há décadas preservado, girando em sentido anti-horário num redemoinho formado nas profundezas do oceano, ao norte das ilhas Órcades do Sul, coisa extraordinária para um iceberg, que deveria estar se movendo junto com a corrente oceânica mais poderosa da Terra, mas que resiste, conseguindo escapar da decadência e do desaparecimento.

Como dar forma verossímil a um espanto, a este abalo? Para que esta minha enorme cachola de baleia, cheia de lembranças de minha mãe, o jeito como ela andava, o tom de voz, o modo de sorrir... para quê? Não sei quando vou conseguir ouvi-la de novo nas gravações, nos áudios de mensagens, sem cair no pranto desabalado, a voz firme dela, o contralto que compunha o coral da igreja ecoando as glórias e aleluias. Na infindável sequência de dias depois de sua morte, eu chorei continuamente, chorei nas trovoadas dos dias de tempestade, sob o dia de sol e céu de azul-anil, ao sentir o mormaço tomando o meu corpo como um castigo, ou a onda de frio arrepiando minha pele exposta a cortes e machucados.

Tenho certeza de que, naquele 7 de abril de sua morte, uma coruja piou a noite toda no alto de um marmeleiro, no desalento do sertão de Três Estradas, e que um acauã cantou indicando sinais de perigo e ameaça, a chegada de gente estranha, forasteira e maldosa. E tenho certeza de que, no dia seguinte, a passarinha vulgar calou-se, deixou de chamar três vezes por maria, deixou de anunciar o dia, como se respeitasse o silêncio, o velório de Laiane, que por ali tinha passado outrora em lombo de jegue e de cavalo, em seus raros momentos de felicidade. Acredito nisso, do mesmo modo que se crê na existência das aves de terror que habitavam o Plioceno há cerca de cinco a dois milhões de anos. Acredito nisso, porque mãe é história e pré-história.

Não espero avivamento nenhum, assunção, ressurreição, reencarnação, nada disso, que herdei do meu pai o carma da falta de fé no que não é terreno, o ateísmo. Como é que uma pessoa pode ressurgir das cinzas? Como, se eu vi as cinzas, se o corpo dela virou apenas a matéria inorgânica que atirei às ondas do mar? Quem refaria esse corpo, quem juntaria nanopartícula de pó com nanopartícula de pó e reconstituiria aquele corpo maior que era minha mãe? Não quero ressuscitamentos bíblicos, quero o novíssimo testamento que dê a ela a dignidade que não lhe deram.

Álvaro tinha me contado um dia da possibilidade de criar avatares de pessoas mortas, de conversar com entes queridos que já se foram, criando com inteligência artificial uma réplica, uma versão digital daquela pessoa a partir de sua voz, de seu jeito de falar, do modo como se mexia, como andava, tudo isso com base em áudios gravados, fotos, vídeos etc. "Quanto mais dados sobre a vida de alguém forem fornecidos, mais realista o resultado", ele disse, lendo a informação em algum artigo ou notícia. Bastava, para se comunicar com sua mãe morta, mas virtualmente ressuscitada, concluía o informe, baixar um aplicativo no aparelho móvel. Fiquei chocada com a morbidez daquela invenção, da simulação da condição humana, e mais ainda agora, na morte de minha mãe, lançada que fui nesse universo de absurdos, eu que gostaria tanto de ser apenas um antigo calangro que não precisasse do esforço sobre-humano de se erguer sobre as próprias pernas.

Desde que minha mãe morreu, a vida para mim deixou de ter qualquer urgência ou emergência. Sem mãe, não há planos de longo prazo, não há Natal nem dia de ano-bom. Pouco tempo depois de sua morte, pendurei no quadro de avisos acima de minha mesa de escritório o relógio de pulso que ela usava. Fixei na vertical o reloginho dourado, de pulseira de couro preta, ao lado de fotos dela, para que o tempo corresse como se ela de algum modo estivesse viva, para que ela seguisse comigo no bater das horas em que ainda vivo, no passar do tempo marcando seus segundos, seus minutos — o tempo contando sua eternidade nos ponteiros daquele relógio-lembrança e presença. De vez em quando olho para ele, para me certificar de que, sim, continua batendo como se fosse um coração. Este o meu avatar humano.

Pouco tempo depois de sua morte, andei de um lado para o outro, sem eira nem beira, como se estivesse numa encruzilhada, mas não a Encruzilhada, nome sinistro de bairro desta Imbiribeira de infância, que evocava as proibidas encruzilhadas das quais a mãe protestante nos dizia para passar longe, que serviam, segundo ela, a despachos de catimbó, garrafas de cachaça, frangos sacrificados e outros amuletos de xangô, que ela temia como temia o diabo.

Hoje a encruzilhada é a da minha vida, que não sei para que lado ir, nesta que seria a minha migração reversa, migração de retorno, caso eu tivesse para onde voltar. Não tenho localização exata, em tempo real, nem mesmo em tempo imaginário. Eu gosto de geografia somente para saber o quanto me perdi, o quão desorientada estarei.

Eu poderia ir para qualquer lugar, para as ilhas Inacessíveis, no remoto arquipélago das ilhas Órcades do Sul, que se formaram quando da subida geral do nível do mar no Plioceno, há uns cinco milhões de anos. Ou posso ficar meses nesta Imbiribeira, território preferido de minha mãe, as águas verdes e mornas da praia da Viagem, para cá da linha dos arrecifes. Posso, igualmente, ir para minha casa de cerca de varas, em Três Estradas, e isso é bastante provável, porque só ali estarei novamente próxima das origens dela, dos mandacarus e facheiros que apontam seus galhos rumo aos céus, como se orassem o tempo todo, como se pedissem alguma coisa, aqueles subarbustos que só produzem folhas modificadas em espinhos, na dureza da terra. Posso ir, sim, para os rios secos do semiárido, na caatinga rústica, ou permanecer perto deste mar, deste volume de água que engula tudo, o mundo inteiro.

Houston ou Amsterdam poderiam ser meus destinos urbanos novamente, cidades onde me sinto uma estranha, lugares onde não criei raízes, porque também não sou de lá, toda deslocada, toda resultado do carma do êxodo, da expulsão compulsória, única coisa que Pernambuco ofereceu a meus pais. Mas sei que em Houston ou Amsterdam alguém me quer, embora no momento eu não tenha vontade de falar com ninguém, e nem quero que falem comigo.

Ora, isto que não é uma história, que não é possível que seja, que não teria mais a delicadeza dos bordados, que não é elegia melancólica, e que não se configura mais em página paleográfica de datilografia — isto não passa do real, lento e arcaico processo que encerra a minha denúncia, a minha reclamação, o meu requerimento por justiça e reparação, ainda que fundado no meu memorialismo tardio, minha mania, minha mnemônica, minha alta antiguidade, que eu mesma venho dos tempos do lume de candeeiro, das latrinas cavadas diretamente na terra, das cacimbas, dos poços de fundo de quintal e das latas d'água na cabeça.

Com a morte de minha mãe, acabou-se minha vida de antes, a vida ordinária, cheia da energia da maria-já-é-dia cantando alguma felicidade por vir. A mim, restou doer até o limite desta ausência, desta solidão que é a maior de todas — essa de chamar pai e mãe e não obter respostas, o mundo todo envolvido de repente numa mortalha branca. Entretanto, protegida por todos os santos que baixaram, todos os espíritos que se apresentaram, por todas as línguas que se manifestaram, por todos os feitiços anunciados em baforadas do cachimbo do meu avô caeté e todos os cantos de passarinhos que gritaram naquele dia, vou questionar os meus acusadores, eles que me hostilizam: Você pediu minha cabeça, Abel? Por acaso eu sou um cachorro? Você, de fato, pediu minha cabeça? Vou inquirir os juízes: Por acaso conheceu minha mãe? E meu avô? Por acaso me conhece? Estes os termos do questionário que vou fazer em juízo a todos aqueles que devem a meus pais, a mim, e farei sem gagueira, sem vacilações nem medo, sem o embotamento da culpa, com toda a governança possível desta causa, que é minha, eu que sou a procuradora-investigadora:

— Não falem comigo. Não olhem na minha cara. Não me dirijam a palavra!

Não pensem eles, meus opositores — uma vez que já não sou mais filha de ninguém, que meus pais estão mortos sem que a justiça ainda tenha sido feita —, não pensem eles que vou passar a tratar meus pais, daqui por diante, como bastardos consumados, como "minha pobre mãe", "meu pobre pai". Nunca. Vou chamá-los pelo nome completo pelo qual deveriam ter sido identificados ao longo da vida.

Conclusão: não haverá juntas de conciliação, tampouco atenuantes, muito menos mediação de nenhum tipo. Não haverá impugnação, porque vou até o fim contra todos os réus, até a justiça se concluir.

Pediram minha cabeça aos juízes. Abel Lichthart e herdeiros pediram minha cabeça, do mesmo modo que os herdeiros dos Lundvotorim, gente que me interessa demais, exatamente porque me hostilizam, porque não gostam de mim, exatamente porque, como resposta a isso, faço questão de agravar os defeitos que eles apontem em mim, os erros de que me acusem, faço questão de exacerbá-los até um ponto insuportável para eles.

Pediram minha cabeça aos juízes. Atiraram pedras, como se eu fosse uma cangaceira primitiva, soltaram insultos de todo tipo: quixotesca, marmota, mulher sozinha, feia e gaga, jaburu, baiacu, nanica insignificante, bruta.

Bruta, sim senhor, sou, beligerante e subversiva. Na minha ação, nos meus diversos processos abertos, vão ter que ler o que nunca se escreveu, ver o que nunca se registrou nem fotografou. Vão ter que folhear página por página o relatório do meu acerto de contas. Burlei o sistema de ocultamento, de adulteração, expus a fraude que levou ao crime contra nossa biografia. Redimensionei a imagem de minha mãe, botei o nome dela em cartórios, em arquivos institucionais, preenchi lacunas com nomes e sobrenomes, registrei. E impus a minha cara real, de reclamante, demandante, a minha hiperpersonalização, minha imagem na dimensão mais realista, como ela é: internacional, não natural, de lugar nenhum, solta na buraqueira do mundo, livre, comum de dois, que faz sexo ao embalo da rede dos quartos de homens e mulheres, como bem entender.

Continua lançado o DNA de meus pais nos bancos de dados de plataformas digitais mundo afora, para quem sabe, um dia, surgirem do nada evidências, conexões parentais, vínculos com gerações perdidas. Nada me convence de que tudo isso não possa caminhar para um desenlace feliz, ainda que minha vida seja luz e sombra, derrapadas, erosões e desabamentos de todo tipo.

Quanto às causas trabalhistas, sou herdeira certa, e elas prosseguem para uma resolução. Sou herdeira certa. Todos agora sabem de mim, de meu pai e de minha mãe. E àqueles que pediram minha cabeça — e a quem proibi determinantemente de pronunciar meu nome de vítima —, aos réus destes crimes sórdidos, a quem acuso com todas as provas levantadas, a eles a minha vingança, ainda que sem método, ainda que a torto e a direito. A eles, as barras do meu tribunal.

Posfácio

Fala-se muito hoje em dia de ancestralidade e do direito de conhecer o passado, o passado das nossas famílias, que contam nossas histórias individuais, íntimas, apagadas. Mas e quando esse passado foi escondido por esse núcleo mais próximo, consanguíneo? Apagado por lembranças silenciadas de propósito, tamanha a dor que elas causam, tamanho o constrangimento que produzem? E se quisermos que, no futuro, nossos descendentes não saibam nada sobre nós, sobre nossas derrotas, vacilações, desistências, fraquezas? Tudo o que faria com que descendentes deixassem de se orgulhar dos seus ancestrais? E se, no futuro, ainda que distante, alguém insistisse em resgatar e nos salvar do passado que enterramos, que desejamos esquecer?

Presume-se que todas e todos nós queremos conhecer e contar nossa história. Mas como? Imbuída de um sentimento de justiça e de culpa, a protagonista de *Corsária*, que chama a si mesma de Ninguém, de "Seu Ninguém", desbravadora solitária de terras distantes e próximas, inicia um périplo pelo Nordeste brasileiro para acertar as contas com sua história. Recorrendo a novas tecnologias, mas também a recursos analógicos para acessar o passado (cadernos, canetas, emoções), além de registros cartoriais espalhados em pequenas cidadezinhas do interior, a personagem de Marilene Felinto vai em busca dos pais e de si mesma. Procura explicações que a ajudem a reparar as injustiças, sina de quase todos os descendentes dos injustiçados.

Em guerra com o mundo e seus privilegiados mais próximos, aqueles pelos quais seu pai e sua mãe nutriam confusos sentimentos de medo, sujeição e afeição, ela desafia a lógica coronelista de dinâmicas onde os direitos não existem, sobretudo os trabalhistas, nas primeiras décadas do século 20, no sertão do Brasil. É nesse período que os filhos e as filhas da abolição, sem amparo, são vítimas da seca, da fome, da exploração nas olarias, nas fábricas de tecido, de cimento, nos canaviais, carvoarias, de tudo aquilo que mata, que mói gente, que mutila corpos, determina destinos de pobreza e destrói sonhos.

A mulher que protagoniza este romance em primeira pessoa, entre nós na garganta e rompantes de revolta, vai recompondo esse passado ingrato do qual é filha e herdeira, vai mergulhando no entendimento da tristeza, do silêncio e das frustrações de seu pai e de sua mãe imigrantes, que fizeram parte da leva de nordestinos esperançosos que, depois de esgotar todas as tentativas, partiram para o Sudeste do Brasil. O pai, Cristiano, filho de escravizado, teve o destino traçado pela maldição de ser resultado da transgressão de uma filha das elites de descendência europeia, que gerou um filho com um daqueles "herdeiros" do Treze de Maio, os herdeiros dos escravizados, que não herdaram nada. Cristiano não herdou também sobrenome holandês, distinção associada a nobreza no país dos Souzas, dos Silvas, da Conceição, da Cruz... Sem herança e sem amor da mãe, filho bastardo, ele por fim também não teve o carinho do pai. Sem saúde nem nenhum sonho realizado, não desbravou o mundo como quis... tudo lhe foi negado, até que desistiu.

Mas a revolta da personagem não é só pela história de seu pai, já que ela herdou a dor também da parte da mãe. Laiane, menina retirante que vinha do nada, apareceu na casa dos descendentes dos holandeses e, por sua condição de negritude ou mestiçagem, e sem paradeiro, era indigna do nome e da herança da família adotiva. A vida de Laiane é a própria história do perverso paternalismo típico das varandas das casas-grandes, da esteira no chão onde dormiam mulheres e crianças, das cozinhas, dos quartinhos dos fundos. Mesmo sendo "da família", não herdou nada. Era preta demais, pobre demais, triste demais, indefesa demais. Crianças indígenas, negras e mestiças não mereciam fazer parte das oligarquias, dos clãs, das famílias abastadas, dos Lichthart ou dos van Waerdenburch do romance... Até hoje, é possível traçar as genealogias das fortunas e dos privilégios por meio de nomes como esses. Raramente se transgridem as barreiras raciais e de classe que mantêm o peso simbólico e efetivo daqueles que carregam sobrenomes europeus.

O que *Corsária* nos mostra, dentre outras coisas, são os segredos familiares das classes trabalhadoras, sem fantasias ou romantizações. É tudo revoltante, vergonhoso, doloroso, real. Reconstruir genealogias, a depender de quem se descende, pode ser dilacerante. Conhecer de onde se vem também significa vasculhar e traçar a origem e os motivos da pobreza, dos infortúnios da vida e das habituais humilhações. Aos herdeiros e herdeiras sem sobrenome distinto, cabe-lhes para sempre se perguntar: e se tivesse sido diferente? E se os direitos não fossem negados? E se a injustiça não fosse norma? E se houvesse amor? E se quem veio antes de nós tivesse sido mais valente, se tivessem se revoltado, se tivessem desafiado quem os explorou?

Quão doloroso é, num país de origem colonial e escravista, desigual e violento, entendermos e aceitarmos que somos filhas e filhos dos derrotados?

A protagonista de *Corsária* prefere saber de tudo, vingadora do presente, certa de que pode consertar o passado, fazer justiça à sua linhagem injustiçada. Aliás, suas andanças por outras terras distantes não a fizeram desistir desse passado, pelo contrário. Para entender e conhecer a ela própria, é fundamental conhecer a história do seu avô, filho do cativeiro, o velho Malaquias. Recompor os emaranhados familiares, desatar os dolorosos nós, torna-se sua obsessão, mas justificada: sem que se conheça seu avô, não se conhecerá a ela. Inconformada com o passado e com a passividade de seu pai, com a aceitação da vida que a ele foi imposta, carregada de frustrações, ela decreta: "sua insurreição sou eu, pai".

E, sim, *Corsária* concretiza o sonho transgressor do pai e da mãe. Do primeiro, o gosto pelo mundo, por mares, estradas e aeroportos e por andanças por terras conhecidas e desconhecidas: Paraíba, Pernambuco, Amsterdam ou Houston. A curiosidade pela ciência e suas tecnologias, o domínio das máquinas e os mistérios das línguas, de diferentes códigos de comunicação.

Da mãe, concretizou a liberdade de subverter as estatísticas de mulher, negra, mestiça, pobre, nordestina. Como quis sua mãe, a protagonista de *Corsária* dominou as letras, acessou educação, é senhora de ir para onde quiser, amar quem quiser, não parir se não quiser, não ter amores, ou ter um, ou dois se assim quiser, sujeita somente aos próprios desejos. Enfim, uma mulher que herdou da mãe o sonho de ter escolhas e, talvez, mesmo sem saber, realizou-o.

Este não é apenas um livro sobre a saga da personagem principal por fazer justiça à sua família, revoltando-se, desafiando a si e aos outros, levantando verdades incômodas. Este romance não é só sobre desigualdade, sobre dores e sobre oligarquias. Sobre (des)afetos confusos dos vínculos de famílias naturais ou estendidas, vínculos entre pessoas motivadas por perversidades, calamidades e uma estranha gratidão.

Corsária também é um livro sobre a prática de liberdade de uma mulher que se quer "Ninguém", sobre como ela negocia as dores consigo mesma, sobre onde ela as guarda, mas também sobre como prioriza seus desejos, seus amores. Álvaro e Betina preenchem fantasias distintas, mas sem discurso de complementaridade ou teorizações sobre formatos ou acordos dessas relações, que produzem prazeres diferentes. Esses amores, a protagonista os vive na distinção mesma em que consistem: Álvaro é o confronto, o embate pelo equilíbrio do poder, justificados no seu pensamento "prático" típico e característico do masculino. Porém, é nesta relação que, mais do que o desejo, está a lealdade, o cuidado para com a mulher.

Betina, holandesa, também filha dos encontros da diáspora, é a possibilidade viva de um lugar digno para as pessoas que são fruto desses encontros. Ela é a possibilidade de um nome holandês numa pessoa mestiça, o que foi negado à família trabalhadora do Nordeste brasileiro. Mais do que isso, a amizade entre a protagonista e Betina, livre do conflito por equidade das relações entre masculino e feminino, é a descoberta mútua do desejo de duas mulheres livres, errantes. A cumplicidade entre as duas, que descobrem o mundo juntas, dispostas a conhecer o desconhecido, as torna parceiras de prazeres, de descobertas e de exercício da leveza e da liberdade.

Em *Corsária*, tudo o que está na ordem do dia tem também vez e voz: a luta de classes, a exploração do trabalho, a desigualdade, o racismo e as opressões que ele causa, seus silenciamentos, imigração, ancestralidade e reparação. Até mesmo a memória e seu registro é tema fundamental, o apagamento das lembranças das classes pobres, a perpetuação do privilégio dos herdeiros das oligarquias. Está tudo aqui, sem rótulos, nos sentimentos mais profundos da protagonista e sua família, da pena à revolta, da carência à raiva, do silêncio ao grito, da vontade de estar só à dureza da solidão.

Ao buscar pela história de sua família, a protagonista de *Corsária* desafia a si e ao mundo, levada também pelo instinto vingativo das baleias feridas. Não há final feliz nem infeliz. Existem estradas pela frente, ou mares, uma linha de trem ou um céu sem limites, tanto no mundo quanto dentro de nós mesmas. Há de se ter coragem para desbravar, ainda que como "Ninguém".

Escrito entre New Orleans, Atlanta, São Paulo e Salvador

LUCIANA DA CRUZ BRITO
Historiadora e especialista nos estudos sobre escravidão, abolição e relações raciais no Brasil e nos Estados Unidos. É professora da Universidade Federal do Recôncavo da Bahia (UFRB) e autora de O avesso da raça: escravidão, abolicionismo e racismo entre os Estados Unidos e o Brasil *(Bazar do Tempo, 2023).*

FSC
www.fsc.org
MISTO
Papel | Apoiando o manejo florestal responsável
FSC® C011095

A marca FSC® é a garantia de que a madeira utilizada na fabricação do papel deste livro provém de florestas gerenciadas de maneira ambientalmente correta, socialmente justa e economicamente viável e de outras fontes de origem controlada.

Copyright © 2025 Marilene Felinto
Copyright do posfácio © 2025 Luciana da Cruz Brito

Todos os direitos reservados. Nenhuma parte desta obra pode ser reproduzida, arquivada ou transmitida de nenhuma forma ou por nenhum meio sem a permissão expressa e por escrito da Editora Fósforo.

DIRETORAS EDITORIAIS Fernanda Diamant e Rita Mattar
EDITORA Juliana de A. Rodrigues
ASSISTENTE EDITORIAL Millena Machado
PREPARAÇÃO Cristina Yamazaki
REVISÃO Eduardo Russo
DIRETORA DE ARTE Julia Monteiro
CAPA Elaine Ramos
IMAGENS DE CAPA Flávio de Barros / Álbum Canônico Virtual de Canudos — projeto em parceria com Museu da República, Instituto Geográfico e Histórico da Bahia, Casa de Cultura Euclides da Cunha / Acervo Instituto Moreira Salles (fundo); © Igor Romualdo (gravura)
PROJETO GRÁFICO Alles Blau
EDITORAÇÃO ELETRÔNICA Página Viva

CIP-BRASIL. CATALOGAÇÃO NA PUBLICAÇÃO
SINDICATO NACIONAL DOS EDITORES DE LIVROS, RJ

F351c

Felinto, Marilene, 1957-
Corsária / Marilene Felinto ; posfácio Luciana da Cruz Brito. — 1. ed. — São Paulo : Fósforo : Ubu, 2025.

ISBN: 978-65-6000-104-6 (Fósforo)
ISBN: 978-85-7126-216-4 (Ubu)

1. Ficção brasileira. I. Ubu II. Título.

CDD: B869.3
24-96812.2 CDU: 82-3(81)

Meri Gleice Rodrigues de Souza — Bibliotecária — CRB-7/6439

1ª edição
1ª reimpressão, 2026

Editora Fósforo
Rua 24 de Maio, 270/276
10º andar, salas 1 e 2 — República
01041-001 — São Paulo, SP, Brasil
Tel: (11) 3224.2055
contato@fosforoeditora.com.br
www.fosforoeditora.com.br

ubu

UBU EDITORA
Largo do Arouche, 161, sobreloja 2
01219-011 — São Paulo, SP, Brasil
professor@ubueditora.com.br
ubueditora.com.br
/ubueditora

Este livro foi composto em GT Alpina e
GT Flexa e impresso pela Ipsis em papel
Avena 80 g/m^2 para as editoras Fósforo
e Ubu em fevereiro de 2026.